莎士比亚全集·中文本（典藏版）
William Shakespeare: Complete Works

［英］威廉·莎士比亚（William Shakespeare）著
辜正坤 主编／孟凡君 译

雅典的泰门

The Life of Timon of Athens

外语教学与研究出版社
北京

京权图字：01-2016-5009

图书在版编目（CIP）数据

雅典的泰门／（英）威廉·莎士比亚（William Shakespeare）著；孟凡君译.
北京：外语教学与研究出版社，2024.6. --（莎士比亚全集／辜正坤主编）.
ISBN 978-7-5213-5343-3

Ⅰ. I561.33

中国国家版本馆 CIP 数据核字第 2024VZ4482 号

雅典的泰门

YADIAN DE TAIMEN

出 版 人　王　芳
项目负责　邢印姝　郭芮萱
责任编辑　宋锦霞
责任校对　都楠楠
封面设计　张　潇
出版发行　外语教学与研究出版社
社　　址　北京市西三环北路 19 号（100089）
网　　址　https://www.fltrp.com
印　　刷　三河市北燕印装有限公司
开　　本　710×1000　1/16
印　　张　9
字　　数　144 千字
版　　次　2024 年 6 月第 1 版
印　　次　2024 年 6 月第 1 次印刷
书　　号　ISBN 978-7-5213-5343-3
定　　价　68.00 元

如有图书采购需求，图书内容或印刷装订等问题，侵权、盗版书籍等线索，请拨打以下电话或关注官方服务号：
客服电话：400 898 7008
官方服务号：微信搜索并关注公众号"外研社官方服务号"
外研社购书网址：https://fltrp.tmall.com

物料号：353430001

出版说明

　　1623 年，莎士比亚的演员同僚们倾注心血结集出版了历史上第一部《莎士比亚全集》——著名的第一对开本，这是三百多年来许多导演和演员最为钟爱的莎士比亚文本。2007 年，由英国皇家莎士比亚剧团（Royal Shakespeare Company）推出的《莎士比亚全集》，则是对第一对开本首次全面的修订。

　　本套《莎士比亚全集》新汉译本，正是依据当今莎学界最负声望的皇家版《莎士比亚全集》翻译而成。译本的凡例说明如下：

　　一、**文体**：剧文有诗体和散体之分。未及最右行末即转行的为诗体。文字连排、直至最右行末转行的，则为散体。

　　二、**舞台提示**：

　　1）角色的上场与下场及其他舞台提示以仿宋体排出，穿插于剧文中的舞台提示以圆括号进行标注，如：（对亨利王子）。

　　2）舞台提示中的特殊符号。译本所依据的皇家版《莎士比亚全集》的编辑者对舞台提示中的不确定情形以特殊符号予以标注，译本亦保留了这些符号：如（旁白？）表示某行剧文既可作为旁白，亦可当作对话；又如某个舞台活动置于箭头 ↓↓ 之间，表示它可发生在一场戏中的多个不同时刻。

　　三、**脚注**：脚注中除标注有"译者附注"字样的，均译自或改编自皇家版《莎士比亚全集》注释。脚注多为对剧文中背景知识及专名的解释，以使读者更好地理解剧情；亦包含部分与英文原文相关的脚注，以使读者在品味译者的佳文时，亦体验到英文原文的精妙。

四、文本：译本以第一对开本为蓝本，部分剧目中四开本与之明显相异的段落亦有译出，附于正文之后，供读者参考。

此《莎士比亚全集》新汉译本历经策划、翻译、编辑加工和印装等工序，各个环节的参与者均竭尽全力，力求完美，但由于水平、精力所限，难免有所错漏，敬请广大读者赐教指正。

外语教学与研究出版社

综合出版事业部

莎士比亚诗体重译集序

辜正坤

他非一代骚人，实属万古千秋。

这是英国大作家本·琼森（Ben Jonson）在第一部《莎士比亚全集》（*Mr. William Shakespeares Comedies, Histories, & Tragedies*, 1623）扉页上题诗中的诗行。三百多年来，莎士比亚在全球逐步成为一个家喻户晓的名字，似乎与这句预言在在呼应。但这并非偶然言中，有许多因素可以解释莎士比亚这一巨大的文化现象产生的必然性。最关键的，至少有下面几点。

首先，其作品内容具有惊人的多样性。世界上很难有第二个作家像莎士比亚这样能够驾驭如此广阔的题材。他的作品内容几乎无所不包，称得上英国社会的百科全书。帝王将相、走卒凡夫、才子佳人、恶棍屠夫……一切社会阶层都展现于他的笔底。从海上到陆地，从宫廷到民间，从国际到国内，从灵界到凡尘……笔锋所指，无处不至。悲剧、喜剧、历史剧、传奇剧，叙事诗、抒情诗……都成为他显示天才的文学样式。从哲理的韵味到浪漫的爱情，从盘根错节的叙述到一唱三叹的诗思，波涛汹涌的情怀，妙夺天工的笔触，凡开卷展读者，无不为之抚掌称绝。即使只从莎士比亚使用过的海量英语词汇来看，也令人产生仰之弥高的感觉。德国语言学家马克斯·缪勒（Max Müller）原以为莎士比亚使用过的词汇最多为 15,000 个，事后证明这当然是小看了语言大师的词汇储藏量。美国教授爱德华·霍尔登（Edward Holden）经过一番考察后，认为至少达 24,000 个。可是他哪里知道，这依然是一种低估。有学者甚至声称用电脑检索出莎士比亚用的词汇多达 43,566 个！当然，这些数据还不是莎士比亚作品之所以产生空前影响的关键因素。

其次，但也许是更重要的原因：他的作品具有极高的娱乐性。文学作品的生命力在于它能寓教于乐。莎士比亚的作品不是枯燥的说教，而是能够给予读者或观众极大艺术享受的娱乐性创造物，往往具有明显的煽情效果，有意刺激人的欲望。这种艺术取向当然不是纯粹为了娱乐而娱乐，掩藏在背后的是当时西方人强有力的人本主义精神，即用以人为本的价值观来对抗欧洲上千年来以神为本的宗教价值观。重欲望、重娱乐的人本主义倾向明显对重神灵、重禁欲的神本主义产生了极大的挑战。当然，莎士比亚的人本主义与中国古人所主张的人本主义有很大的区别。要而言之，前者在相当大的程度上肯定了人的本能欲望或原始欲望的正当性，而后者则主要强调以人的仁爱为本规范人类社会秩序的高尚的道德要求。二者都具有娱乐效果，但前者具有纵欲性或开放性娱乐效果，后者则具有节欲性或适度自律性娱乐效果。换句话说，对于 16、17 世纪的西方人来说，莎士比亚的作品暗中契合了试图挣脱过分禁欲的宗教教义的约束而走向个性解放的千百万西方人的娱乐追求，因此，它会取得巨大成功是势所必然的。

第三，时势造英雄。人类其实从来不缺善于煽情的作手或视野宏阔的巨匠，缺的常常是时势和机遇。莎士比亚的时代恰恰是英国文艺复兴思潮达到鼎盛的时代。禁欲千年之久的欧洲社会如堤坝围裹的宏湖，表面上浪静风平，其底层却汹涌着决堤的纵欲性暗流。一旦湖堤洞开，飞涛大浪呼卷而下，浩浩汤汤，汇作长河，而莎士比亚恰好是河面上乘势而起的弄潮儿，其迎合西方人情趣的精湛表演，遂赢得两岸雷鸣般的喝彩声。时势不光涵盖社会发展的总趋势，也牵连着别的因素。比如说，文学或文化理论界、政治意识形态对莎士比亚作品理解、阐释的多样性与莎士比亚作品本身内容的多样性产生相辅相成的效果。"说不尽的莎士比亚"成了西方学术界的口头禅。西方的每一种意识形态理论,尤其是文学理论,要想获得有效性,都势必会将阐释莎士比亚的作品作为试金石。17 世纪初的人文主义,18 世纪的启蒙主义,19 世纪的浪漫主义,20世纪的现实主义或批判现实主义,都不同程度地、选择性地把莎士比亚作品作为阐释其理论特点的例证。也许 17 世纪的古典主义曾经阻遏过西方人对莎士比亚作品的过度热情,但是 19 世纪的浪漫主义流派却把莎士比亚作品推崇到无以复加的崇高地位,莎士比亚俨然成了西方文学的神灵。20 世纪以来,西方资本主义阵营和社会主义阵营可以说在意识形态的各个方面都互相对立,势同水火,可是在对待莎士比亚的问题上,居然有着惊人的共识与默契。不用说,社会主义阵营的立场与社会主义理论的创始人马克思(Karl Marx)、恩格斯(Friedrich Engels)个人的审美情趣息息相关。马克思一家都是莎士比亚的粉丝;马克思称莎士比亚为"人类最伟大的天才之一,人类文学奥林波斯山上的宙斯"!他号召作家们要更加莎士比亚化。恩格斯甚至指出:"单是《快乐的温莎巧妇》[1]的第一幕就比全部德国文学包含着更多的生活气息。"不用说,这些话多多少少有某种程度的文学性夸张,但对莎士比亚的崇高地位来说,却无疑产生了极大的推动作用。

第四,1623 年版《莎士比亚全集》奠定莎士比亚崇拜传统。这个版本即眼前译本所依据的皇家版《莎士比亚全集》(*The RSC William Shakespeare: Complete Works*, 2007)的主要内容。该版本产生于莎士比亚去世的第七年。莎士比亚的舞台同仁赫明奇(John Heminge)和康德尔(Henry Condell)整理出版了第一部莎士比亚戏剧集。当时的大学者、大

---

1 英文剧名为 The Merry Wives of Windsor,朱生豪先生译作《温莎的风流娘儿们》;重译本综合考虑剧情和英文书名,译作《快乐的温莎巧妇》。

作家本·琼森为之题诗，诗中写道："他非一代骚人，实属万古千秋。"这个调子奠定了莎士比亚偶像崇拜的传统。而这个传统一旦形成，后人就难以反抗。英国文学中的莎士比亚偶像崇拜传统已经形成了一种自我完善、自我调整、自我更新的机制。至少近两百年来，莎士比亚的文学成就已被宣传成世界文学的顶峰。

第五，现在署名"莎士比亚"的作品很可能不只是莎士比亚一个人的成果，而是凝聚了当时英国若干戏剧创作精英的团体努力。众多大作家的智慧浓缩在以"莎士比亚"为代号的作品集中，其成就的伟大性自然就获得了解释。当然，这最后一点只是莎士比亚研究界若干学者的研究性推测，远非定论。有的莎士比亚著作爱好者害怕一旦证明莎士比亚不是署名为"莎士比亚"的著作的作者，莎士比亚的著作便失去了价值，这完全是杞人忧天。道理很简单，人们即使证明了《红楼梦》的作者不是曹雪芹，或《三国演义》的作者不是罗贯中，也丝毫不影响这些作品的伟大价值。同理，人们即使证明了《莎士比亚全集》不是莎士比亚一个人创作的，也丝毫不会影响《莎士比亚全集》是世界文学中的伟大作品这个事实，反倒会更有力地证明这个事实，因为集体的智慧远胜于个人。

皇家版《莎士比亚全集》译本翻译总思路

横亘于前的这套新译本，是依据当今莎学界最负声望的皇家版《莎士比亚全集》进行翻译的，而皇家版又正是以本·琼森题过诗的 1623 年版《莎士比亚全集》为主要依据。

这套译本是在考察了中国现有的各种译本后，根据新的历史条件和新的翻译目的打造出来的。其总的翻译思路是本套译本主编会同外语教学与研究出版社的相关领导和责任编辑讨论的结果。总起来说，皇家版《莎士比亚全集》译本在翻译思路上主要遵循了以下几条：

1. 版本依据。如上所述，本版汉译本译文以英国皇家版《莎士比亚全集》为基本依据。但在翻译过程中，译者亦酌情参阅了其他版本，以增进对原作的理解。

2. 翻译内容包括：内页所含全部文字。例如作品介绍与评论、正文、注释等。

3. 注释处理问题。对于注释的处理：1）翻译时，如果正文译文已经将英文版某注释的基本含义较准确地表达出来了，则该注释即可取消；2）如果正文译文只是部分地将英文版对应注释的基本含义表达出来，则该注释可以视情况部分或全部保留；3）如果注释本身存疑，可以在保留原注的情况下，加入译者的新注。但是所加内容务必有理有据。

4. 翻译风格问题。对于风格的处理：1）在整体风格上，译文应该尽量逼肖原作整体风格，包括以诗体译诗体，以散体译散体；2）在具体的文字传输处理上，通常应该注重汉译本身的文字魅力，增强汉译本的可读性。不宜太白话，不宜太文言；文白用语，宜尽量自然得体。句子不要太绕，注意汉语自身表达的句法结构，尤其是其逻辑表达方式。意义的异化性不等于文字形式本身的异化性，因此要注意用汉语的归化性来传输、保留原作含义的异化性。朱生豪先生的译本语言流畅、可读性强，但可惜不是诗体，有违原作形式。当下译本是要在承传朱先生译本优点的基础上，根据新时代的读者审美趣味，取得新的进展。梁实秋先生等的译本，在达意的准确性上，比朱译有所进步，也是我们应该吸纳的优点。但是梁译文采不足，则须注意避其短。方平先生等的译本，也把莎士比亚翻译往前推进了一步，在进行大规模诗体翻译方面作出了宝贵的尝试，但是离真正的诗体尚有距离。此外，前此的所有译本对于莎士比亚原作的色情类用语都有程度不同的忽略，本套皇家版译本则尽力在此方面还原莎士比亚的本真状态（论述见后文）。其他还有一些译本，亦都应该受到我们的关注，处理原则类推。每种译本都有自己独特的东西。我们希望美的译文是这套译本的突出特点。

5. 借鉴他种汉译本问题。凡是我们曾经参考过的较好的译本，都在适当的地方加以注明，承认前辈译者的功绩。借鉴利用是完全必要的，但是要正大光明，避免暗中抄袭。

6. 具体翻译策略问题特别关键，下文将其单列进行陈述。

莎士比亚作品翻译领域大转折：真正的诗体译本

莎士比亚首先是一个诗人。莎士比亚的作品基本上都以诗体写成。因此，要想尽可能还原本真的莎士比亚，就必须将莎士比亚作品翻译成为诗体而不是散文，这在莎学界已经成为共识。但是紧接而来的问题是：什么叫诗体？或需要什么样的诗体？

按照我们的想法：1）所谓诗体，首先是措辞上的诗味必须尽可能浓郁；2）节奏上的诗味（包括分行）等要予以高度重视；3）结合中国人的审美习惯，剧文可以押韵，也可以不押韵。但不押韵的剧文首先要满足前两个要求。

本全集翻译原计划由笔者一个人来完成。但是，莎士比亚的创作具有惊人的多样性，其作品来源也明显具有莎士比亚时代若干其他作家与作品的痕迹，因此，完全由某一个译者翻译成一种风格，也许难免偏颇，难以和莎士比亚风格的多样性相呼应。所以，集众人的力量来完成大业，应该更加合理，更加具有可操作性。

具体说来，新时代提出了什么要求？简而言之，就是用真正的诗体翻译莎士比亚的诗体剧文。这个任务，是朱生豪先生无法完成的。朱先生说过，他在翻译莎士比亚作品时，"当然预备全部用散文译出，否则将要了我的命"。[1] 显然，朱先生也考虑过用诗体来翻译莎士比亚著作的问题，但是他的结论是：第一，靠单独一个人用诗体翻译《莎士比亚全集》是办不到的，会因此累死；第二，他用散文翻译也是不得已的办法，因为只有这样他才有可能在有生之年完成《莎士比亚全集》的翻译工作。

　　将《莎士比亚全集》翻译成诗体比翻译成散文体要难得多。难到什么程度呢？和朱生豪先生的翻译进度比较一下就知道了。朱先生翻译得最快的时候，一天可以翻译一万字。[2] 为什么会这么快？朱先生才华过人，这当然是一个因素，但关键因素是：他是用散文翻译的。用真正的诗体就不一样了。以笔者自己的体验，今日照样用散文翻译莎士比亚剧本，最快时也可达到每日一万字。这是因为今日的译者有比以前更完备的注释本和众多的前辈汉译本作参考，至少在理解原著时，要比朱先生当年省力得多，所以翻译速度上最高达到一万字是不难的。但是翻译成诗体就是另外一回事了。这比自己写诗还要难得多。写诗是自己随意发挥，译诗则必须按照别人的意思发挥，等于是戴着镣铐跳舞。笔者自己写诗，诗兴浓时，一天数百行都可以写得出来，但是翻译诗，一天只能是几十行，统计成字数，往往还不到一千字，最多只是朱生豪先生散文翻译速度的十分之一。梁实秋先生翻译《莎士比亚全集》用的也是散文，但是也花了 37 年，如果要翻译成真正的诗体，那么至少得 370 年！由此可见，真正的诗体《莎士比亚全集》汉译本的诞生，有多么艰难。此次笔者约稿的各位译者，都是用诗体翻译，并且都表示花费了大量的时间，

1　见朱生豪大约在 1936 年夏致宋清如信："今天下午，我试译了两页莎士比亚，还算顺利，不过恐怕终于不过是 Poor Stuff 而已。当然预备全部用散文译出，否则将要了我的命。"（《伉俪：朱生豪宋清如诗文选》下卷，中国青年出版社，2013 年，第 94 页）

2　朱生豪："今天因为提起了精神，却很兴奋，晚上译了六千字，今天一共译一万字。"（同上，第 101 页）

皇家版《莎士比亚全集》译本凝聚了诸位译者的多少努力，也就不言而喻了。

翻译诗体分辨：不是分了行就是真正的诗

主张将莎士比亚剧作翻译成诗体成了共识，但是什么才是诗体，却缺乏共识。在白话诗盛行的时代，许多人只是简单地认定分了行的文字就是诗这个概念。分行只是一个初级的现代诗要求，甚至不必是必然要求，因为有些称为诗的文字甚至连分行形式都没有。不过，在莎士比亚作品的翻译上，要让译文具有诗体的特征，首先是必定要分行的，因为莎士比亚原作本身就有严格的分行形式。这个不用多说。但是译文按莎士比亚的方式分了行，只是达到了一个初级的低标准。莎士比亚的剧文读起来像不像诗，还大有讲究。

卞之琳先生对此是颇有体会的。他的译本是分行式诗体，但是他自己也并不认为他译出的莎士比亚剧本就是真正的诗体译本。他说：读者阅读他的译本时，"如果……不感到是诗体，不妨就当散文读，就用散文标准来衡量"。[1]这是一个诚实的译者说出的诚实话。不过，卞先生很谦虚，他有许多剧文其实读起来还是称得上诗体的。原因是什么？原因是他注意到了笔者上文提到的两点：第一，诗的措辞；第二，诗的节奏。只不过他迫于某些客观原因，并没有自始至终侧重这方面的追求而已。

显然，一些译本翻译了莎士比亚的剧文，在行数上靠近莎士比亚原作，措辞也还流畅。这些是不是就是理想的诗体莎士比亚译本呢？笔者认为，这还不够。什么是诗，对于中国人来说有几千年的历史，我们不

---

1 卞之琳:《莎士比亚悲剧四种》，方志出版社，2007 年，第 4 页。

能脱离这个悠久的传统来讨论这个问题。为此，我们不得不重新提到一些基本概念：什么是诗？什么是诗歌翻译？

诗歌是语言艺术，诗歌翻译也就必须是语言艺术

讨论诗歌翻译必须从讨论诗歌开始。

诗主情。诗言志。诚然。但诗歌首先应该是一种精妙的语言艺术。同理，诗歌的翻译也就不得不首先表现为同类精妙的语言艺术。若译者的语言平庸而无光彩，与原作的语言艺术程度差距太远，那就最多只是原诗含义的注释性文字，算不得真正的诗歌翻译。

那么，何谓诗歌的语言艺术？

无他，修辞造句、音韵格律一整套规矩而已。无规矩不成方圆，无限制难成大师。奥运会上所有的技能比赛，无不按照特定的规矩来显示参赛者高妙的技能。德国诗人歌德（Johann Wolfgang von Goethe）《自然和艺术》（"Natur und Kunst"）一诗最末两行亦彰扬此理：

非限制难见作手，

唯规矩予人自由。[1]

艺术家的"自由"，得心应手之谓也。诗歌既为语言艺术，自然就有一整套相应的语言艺术规则。诗人应用这套规则时，一旦达到得心应手的程度，那就是达到了真正成熟的境界。当然，规矩并非一点都不可打破，但只有能够将规矩使用到随心所欲而不逾矩的程度的人，才真正有资格去创立新规矩，丰富旧规矩。创新是在承传旧规则长处的基础上来进行的，而不是完全推翻旧规则，肆意妄为。事实证明，在语言艺术上

1　In der Beschränkung zeigt sich erst der Meister, / Und das Gesetz nur kann uns Freiheit geben. 参见 http://www.business-it.nl/files/7d413a5dca62fc735a072b16fbf050b1-27.php.

凡无视积淀千年的诗歌语言规则，随心所欲地巧立名目、乱行胡来者，
永不可能在诗歌语言艺术上取得大的成就，所以歌德认为：

　　若徒有放任习性，

　　则永难至境遨游。[1]

　　诗歌语言艺术如此需要规则，如此不可放任不羁，诗歌的翻译自然
也同样需要相类似的要求。这个要求就是笔者前面提出的主张：若原诗
是精妙的语言艺术，则理论上说来，译诗也应是同类精妙的语言艺术。

　　但是，"同类"绝非"同样"。因为，由于原作和译作使用的语言载
体不一样，其各自产生的语言艺术规则和效果也就各有各的特点，大多
不可同样复制、照搬。所以译作的最高目标，是尽可能在译入语的语言
艺术领域达到程度大致相近的语言艺术效果。这种大致相近的艺术效果
程度可叫作"最佳近似度"。它实际上也就是一种翻译标准，只不过针
对不同的文类，最佳近似度究竟在哪些因素方面可最佳程度地（并不一
定是最大程度地）取得近似效果，不是一成不变的，而是具有高度的灵
活性。不同的文类，甚至针对不同的受众，我们都可以设定不同的最佳
近似度。这点在拙著《中西诗比较鉴赏与翻译理论》（清华大学出版社，
2010 年）的相关章节中有详细的厘定，此不赘。

话与诗的关系：话不是诗

　　古人的口语本来就是白话，与现在的人说的口语是白话一个道理。

1　Vergebens werden ungebundene Geister / Nach der Vollendung reiner Höhe streben.
　　参 见 http://www.cosmiq.de/qa/show/3454062/Vergebens-werden-ungebundne-Geister-
　　Nach-der-Vollendung-reiner-Hoehe-streben-Was-ist-die-Bedeutung-dieser-2-Verse-Ich-komm-
　　nicht-drauf/t.

正因为白话太俗，不够文雅，古人慢慢将白话进行改进，使它更加规范、更加准确，并且用语更加丰富多彩，于是文言产生。在文言的基础上，还有更文的文字现象，那就是诗歌，于是诗歌产生。所以就诗歌而言，文言味实际上就是一种特殊的诗味。文言有浅近的文言，也有佶屈聱牙的文言。中国传统诗歌绝大多数是浅近的文言，但绝非口语、白话。诗中有话的因素，自不待言，但话的因素往往正是诗试图抑制的成分。

文言和诗歌的产生是低俗的口语进化到高雅、准确层次的标志。文言和诗歌的进一步发展使得语言的艺术性愈益增强。最终，文言和诗歌完成了艺术性语言的结晶化定型。这标志着古代文学和文学语言的伟大进步。《诗经》、楚辞、唐诗、宋词、元明戏曲，以及从先秦、汉、唐、宋、元至明清的散文等，都是中国语言艺术逐步登峰造极的明证。

人们往往忘记：话不是诗，诗是话的升华。话据说至少有**几十万年**的历史，而诗却只有**几千年**的历史。白话通过漫长的岁月才升华成了诗。因此，从理论上说，白话诗不是最好的诗，而只是低层次的、初级的诗。当一行文字写得不像是话时，它也许更像诗。"太阳落下山去了"是话，硬说它是诗，也只是平庸的诗，人人可为。而同样含义的"白日依山尽"不像是话，却是真正的诗，非一般人可为，只有诗人才写得出。它的语言表达方式与一般人的通用白话脱离开来了，实现了与通用语的偏离（deviation from the norm）。这里的通用语指人们天天使用的白话。试想把唐诗宋词译成白话，还有多少诗味剩下来？

谢谢古代先辈们一代又一代、不屈不挠的努力，话终于进化成了诗。

但是，20 世纪初一些激进的中国学者鼓荡起一场声势浩大的白话文运动。

客观说来，用白话文来书写、阅读自然科学和人文科学文献，例如哲学、政治学、伦理学、经济学等等文献，这都是**伟大的进步**。这个进步甚至可以上溯到八百多年前朱熹等大学者用白话体文章传输理学思想。对此笔者非常拥护，非常赞成。

但是约一百年前的白话诗运动却未免走向了极端，事实上是一种语言艺术方面的倒退行为。已经高度进化的诗词曲形式被强行要求返祖回归到三千多年前的类似白话的状态，已经高度语言艺术化了的诗被强行要求退化成话。艺术性相对较低的白话反倒成了正统，艺术性较高的诗反倒成了异端。其实，容许口语类白话诗和文言类诗并存，这才是正确的选择。但一些激进学者故意拔高白话地位，在诗歌创作领域搞成白话至上主义，这就走上了极端主义道路。

这个运动影响到诗歌翻译的结果是什么呢？结果是西方所有的大诗人，不论是古代的还是近代的，如荷马（Homer）、但丁（Dante）、莎士比亚、歌德、雨果（Victor Hugo）、普希金（Alexander Pushkin）……都莫名其妙地似乎用同一支笔写出了 20 世纪初才出现的味道几乎相同的白话文汉诗！

将产生这种极端性结果的原因再回推，我们会清楚地明白，当年的某些学者把文学艺术简单雷同于人文社会科学，误解了文学艺术，尤其是诗歌艺术的特殊性质，误以为诗就是话，混淆了诗与话的形式因素。

针对莎士比亚戏剧诗的翻译对策

由上可知，莎士比亚的剧文既然大多是格律诗，无论有韵无韵，它们都是诗，都有格律性。因此在汉译中，我们就有必要显示出它具有格律性，而这种格律性就是诗性。

问题在于，格律性是附着在语言形式上的；语言改变了，附着其上的格律性也就大多会消失。换句话说，格律大多不可复制或模仿，这就正如用钢琴弹不出二胡的效果，用古筝奏不出黑管的效果一样。但是，原作的内在旋律是可以模仿的，只是音色变了。原作的诗性是可以换个形式营造的，这就是利用汉语本身的语言特点营造出大略类似的语言艺术审美效果。

由于换了另外一种语言媒介，原作的语音美设计大多已经不能照搬、复制，甚至模拟了，那么我们就只好断然舍弃掉原作的许多语音美设计，而代之以译入语自身的语言艺术结构产生的语音美艺术设计。当然，原作的某些语音美设计还是可以尝试模拟保留的，但在通常的情况下，大多数的语音美已经不可能传输或复制了。

利用汉语本身的语音审美特点来营造莎士比亚诗歌的汉译语音审美效果，是莎士比亚作品翻译的一个有效途径。机械照搬原作的语音审美模式多半会失败，并且在大多数的场合下也没有必要。

具体说来，这就涉及翻译莎士比亚戏剧作品时该如何处理：1）节奏；2）韵律；3）措辞。笔者主张，在这三个方面，我们都可以适当借鉴利用中国古代词曲体的某些因素。戏剧剧文中的诗行一般都不宜多用单调的律诗和绝句体式。元明戏剧为什么没有采用前此盛行的五言或七言诗行而采用了长短错杂、众体皆备的词曲体？这是一种艺术形式发展的必然。元明曲体由于要更好更灵活地满足抒情、叙事、论理等诸多需要，故借用发展了词的形式，但不是纯粹的词，而是融入了民间语汇。词这种形式涵盖了一言、二言、三言、四言、五言、六言、七言、八言……乃至十多言的长短句式，因此利于表达变化莫测的情、事、理。从这个意义上看，莎士比亚剧文语言单位的参差不齐状态与中文词曲体句式的参差不齐状态正好有某种相互呼应的效果。

也许有人说，莎士比亚的剧文虽然是格律诗，但并不怎么押韵，因此汉诗翻译也就不必押韵。这个说法也有一定道理，但是道理并不充实。

首先，我们应该明白，既然莎士比亚的剧文是诗体，人们读到现今的散体译文或不押韵的分行译文却难以感受到其应有的诗歌风味，原因即在于其音乐性太弱。如果人们能够照搬莎士比亚素体诗所惯常用的音步效果及由此引起的措辞特点，当然更好。但事实上，原作的节奏效果是印欧语系语言本身的效果，换了一种语言，其效果就大多不能搬用了，所以我们只好利用汉语本身的优势来创造新的音乐美。这种音乐美很难说是原作的音乐美，但是它毕竟能够满足一点：即诗体剧文应该具有诗歌应有的音乐美这个起码要求。而汉译的押韵可以强化这种音乐美。

其次，莎士比亚的剧文不押韵是由诸多因素造成的。第一，属于印欧语系语言的英语在押韵方面存在先天的多音节不规则形式缺陷，导致押韵词汇范围相对较窄。所以对于英国诗人来说，很苦于押韵难工；莎士比亚的许多押韵体诗，例如十四行诗，在押韵方面都不很工整。其次，莎士比亚的剧文虽不押韵，却在节奏方面十分考究，这就弥补了音韵方面的不足。第三，莎士比亚的剧文几乎绝大多数是诗行，对于剧作者来说，每部长达两三千行的诗行行都要押韵，这是一个极大的挑战，很难完成。而一旦改用素体，剧作者便会轻松得多。但是，以上几点对于汉语译本则不是一个问题。汉语的词汇及语音构成方式决定了它天生就是一种有利于押韵的艺术性语言。汉语存在大量同韵字，押韵是一件很容易的事情。汉语的语音音调变化也比莎士比亚使用的英语的音调变化空间大一倍以上。汉语音调至少有四种（加上轻重变化可达六至八种），而英语的音调主要局限于轻重语调两种，所以存在于印欧语系文字诗歌中的频频押韵有时会产生的单调感，在汉语中会在很大程度上由于语调的多变而得到缓解。故汉语戏剧剧文在押韵方面有很大的潜在优势空间，实际上元明戏剧剧文频频押韵就是证明。

第三，莎士比亚的剧文虽然很多不押韵，但却具极强的节奏感。他惯用的格律多半是抑扬格五音步（iambic pentameter）诗行。如果我们在节奏方面难以传达原作的音美，或者可以通过韵律的音美来弥补节奏美的丧失，这种翻译对策谓之堤内损失堤外补，亦谓失之东隅，收之桑榆。我们的语言在某方面有缺陷，可以通过另一方面的优点来弥补。当然，笔者主张在一定程度上借鉴利用传统词曲的风味，却并不主张使用宋词、元曲式的严谨格律，而只是追求一种过分散文化和过分格律化之间的妥协状态。有韵但是不严格，要适当注意平仄，但不过多追求平仄效果及诗行的整齐与否；不必有太固定的建行形式，只是根据诗歌本身的内容和情绪赋予适当的节奏与韵式。在措辞上则保持与白话有一段距离，但是绝非佶屈聱牙的文言，而是趋近典雅、但普通读者也能读懂的语言。

最后，根据翻译标准多元互补论原理，由于莎士比亚作品在内容、形式及审美效应方面具有多样性，因此，只用一种类乎纯诗体译法来翻译所有的莎士比亚剧文，也是不完美的，因为单一的做法也许无形中堵塞了其他有益的审美趣味通道。因此，这套译本的译风虽然整体上强调诗化、诗味，但是在营造诗味的途径和程度上不是单一的。我们允许诗体译风的灵活性和创新性。多译者译法实际上也是在探索诗体译法的诸多可能性，这为我们将来进一步改进这套译本铺垫了一条较宽的道路。因此，译文从严格押韵、半押韵到不押韵的各个程度，译本都有涉猎。但是，无论是否押韵，其节奏和措辞应该总是富于诗意，这个要求则是统一的。这是我们对皇家版《莎士比亚全集》译本的语言和风格要求。不能说我们能完全达到这个目标，但我们是往这个方向努力的。正是这样的努力，使这套译本与前此译本有很大的差异，在一定的意义上来说，标志着中国莎士比亚著作翻译的一次大转折。

翻译突破：还原莎士比亚作品禁忌区域

另有一个课题是中国学者从前讨论得比较少的禁忌领域，即莎士比亚著作中的性描写现象。

　　许多西方学者认为，莎士比亚酷爱色情字眼，他的著作渗透着性描写、性暗示。只要有机会，他就总会在字里行间，用上与性相联系的双关语。西方人很早就搜罗莎士比亚著作的此类用语，编纂了莎士比亚淫秽用语词典。这类词典还不止一种。1995 年，我又看到弗朗基·鲁宾斯坦（Frankie Rubinstein）等编纂了《莎士比亚性双关语释义词典》（*A Dictionary of Shakespeare's Sexual Puns and Their Significance*），厚达 372 页。

　　赤裸裸的性描写或过多的淫秽用语在传统中国文学作品中是受到非议的，尽管有《金瓶梅》这样被判为淫秽作品的文学现象，但是中国传统的主流舆论还是抑制这类作品的。莎士比亚的作品固然不是通常意义上的淫秽作品，但是它的大量实际用语确实有很强的色情味。这个极鲜明的特点恰恰被前此的所有汉译本故意掩盖或在无意中抹杀掉。莎士比亚的所有汉译者，尤其是像朱生豪先生这样的译者，显然不愿意中国读者看到莎士比亚的文笔有非常泼辣的大量使用性相关脏话的特点。这个特点多半都被巧妙地漏译或改译。于是出现一种怪现象，莎士比亚著作中有些大段的篇章变成汉语后，尽管读起来是通顺的，读者对这些话语却往往感到莫名其妙。以《罗密欧与朱丽叶》第一幕第一场前面的 30 行台词为例，这是凯普莱特家两个仆人山普孙与葛莱古里之间的淫秽对话。但是，读者阅读过去的汉译本时，很难看到他们是在说淫秽的脏话，甚至会认为这些对话只是仆人之间的胡话，没有什么意义。

　　不过，前此的译本对这类用语和描写的态度也并不完全一样，而是依据年代距离在逐步改变。朱生豪先生的译本对这些东西删除改动得最多，梁实秋先生已经有所保留，但还是有节制。方平先生等的译本保留得更多一些，但仍然持有相当的保留态度。此外，从英语的不同版本看，有的版本注释得明白，有的版本故意模糊，有的版本注释者自己也没有弄懂这些双关语，那就更别说中国译者了。

在这一点上，我们目前使用的皇家版《莎士比亚全集》是做得最好的。

那么，我们该怎样来翻译莎士比亚的这种用语呢？是迫于传统中国道德取向的习惯巧妙地回避，还是尽可能忠实地传达莎士比亚的本真用意？我们认为，前此的译本依据各自所处时代的中国人道德价值的接受状态，采用了相应的翻译对策，出现了某种程度的曲译，这是可以理解的，是特定历史条件下的产物。但是，历史在前进，中国人的道德观已经有了很大的改变，尤其是在性禁忌领域。说实话，无论我们怎样真实地还原莎士比亚著作中的性双关描写，比起当代文学作品中有时无所忌讳的淫秽描写来，莎士比亚还真是有小巫见大巫的感觉。换句话说，目前中国人在这方面的外来道德价值接受状态，已经完全可以接受莎士比亚著作中的性双关用语了。因此，我们的做法是尽可能真实还原莎士比亚性相关用语的现象。在通常的情况下，如果直译不能实现这种现象的传输，我们就采用注释。可以说，在这方面，目前这个版本是所有莎士比亚汉译本中做得最超前的。

译法示例

莎士比亚作品的文字具有多种风格，早期的、中期的和晚期的语言风格有明显区别，悲剧、喜剧、历史剧、十四行诗的语言风格也有区别。甚至同样是悲剧或喜剧，莎士比亚的语言风格往往也会很不相同。比如同样是属于悲剧，《罗密欧与朱丽叶》剧文中就常常有押韵的段落，而大悲剧《李尔王》却很少押韵；同样是喜剧，《威尼斯商人》是格律素体诗，而《快乐的温莎巧妇》却大多是散文体。

与此现象相应，我们的翻译当然也就有多种风格。虽然不完全一一对应，但我们有意避免将莎士比亚著作翻译成千篇一律的一种文体。从这个意义上说，皇家版《莎士比亚全集》汉译本在某些方面采用了全新的译法。这种全新译法不是孤立的一种译法，而是力求展示多种翻译风格、多种审美尝试。多样化为我们将来精益求精提供了相对更多的选择。如果现在固定为一种单一的风格，那么将来要想有新的突破，就困难了。概括说来，我们的多种翻译风格主要包括：1）有韵体诗词曲风味译法；2）有韵体现代文白融合译法；3）无韵体白话诗译法。下面依次选出若干相应风格的译例，供读者和有关方面品鉴。

一、有韵体诗词曲风味译法

有韵体诗词曲风味译法注意使用一些传统诗词曲中诗味比较浓郁的词汇，同时注意遣词不偏僻，节奏比较明快，音韵也比较和谐。但是，它们并不是严格意义上的传统诗词曲，只是带点诗词曲的风味而已。例如：

女巫甲　何时我等再相逢？

　　　　　闪电雷鸣急雨中？

女巫乙　待到硝烟烽火静，

　　　　　沙场成败见雌雄。

女巫丙　残阳犹挂在西空。　　　　　　（《麦克白》第一幕第一场）

小丑甲　当时年少爱风流，

　　　　　有滋有味有甜头；

　　　　　行乐哪管韶华逝，

　　　　　天下柔情最销愁。　　　　　　（《哈姆莱特》第五幕第一场）

朱丽叶 天未曙，罗郎，何苦别意匆忙？
鸟音啼，声声亮，惊骇罗郎心房。
休听作破晓云雀歌，只是夜莺唱，
石榴树间，夜夜有它设歌场。
信我，罗郎，端的只是夜莺轻唱。

罗密欧 不，是云雀报晓，不是莺歌，
看东方，无情朝阳，暗洒霞光，
流云万朵，镶嵌银带飘如浪。
星斗如烛，恰似残灯剩微芒，
欢乐白昼，悄然驻步雾嶂群岗。
奈何，我去也则生，留也必亡。

朱丽叶 听我言，天际微芒非破晓霞光，
只是金乌，吐射流星当空亮，
似明炬，今夜为郎，朗照边邦，
何愁它曼托瓦路，漫远悠长。
且稍待，正无须行色皇皇仓仓。

罗密欧 纵身陷人手，蒙斧钺加诛于刑场；
只要这勾留遂你愿，我欣然承当。
让我说，那天际灰朦，非黎明醒眼，
乃月神眉宇，幽幽映现，淡淡辉光；
那歌鸣亦非云雀之讴，哪怕它
嚣然振动于头上空冥，嘹亮高亢。
我巴不得栖身此地，永不他往。
来吧，死亡！倘朱丽叶愿遂此望。
如何，心肝？畅谈吧，趁夜色迷茫。

（《罗密欧与朱丽叶》第三幕第五场）

二、有韵体现代文白融合译法

有韵体现代文白融合译法的特点是：基本押韵，措辞上白话与文言尽量能够水乳交融；充分利用诗歌的现代节奏感，俾便能够念起来朗朗上口。例如：

哈姆莱特 死，还是生？这才是问题根本：

莫道是苦海无涯，但操戈奋进，

终赢得一片清平；或默对逆运，

忍受它箭石交攻，敢问，

两番选择，何为上乘？

死灭，睡也，倘借得长眠

可治心伤，愈千万肉身苦痛痕，

则岂非美境，人所追寻？死，睡也，

睡中或有梦魇生，唉，症结在此；

倘能撒手这碌碌凡尘，长入死梦，

又谁知梦境何形？念及此忧，

不由人踌躇难定：这满腹疑情

竟使人苟延年命，忍对苦难平生。

假如借短刀一柄，即可解脱身心，

谁甘愿受人世的鞭挞与讥评，

强权者的威压，傲慢者的骄横，

失恋的痛楚，法律的耽延，

官吏的暴虐，甚或默受小人

对贤德者肆意拳脚加身？

谁又愿肩负这如许重担，

流汗、呻吟，疲于奔命，

倘非对死后的处境心存疑云，

惧那未经发现的国土从古至今
无孤旅归来，意志的迷惘
使我辈宁愿忍受现世的忧闷，
而不敢飞身投向未知的苦境？
前瞻后顾使我们全成懦夫，
于是，本色天然的决断决行，
罩上了一层思想的惨淡余阴，
只可惜诸多待举的宏图大业，
竟因此如逝水忽然转向而行，
失掉行动的名分。　　　（《哈姆莱特》第三幕第一场）

麦克白　若做了便是了，则快了便是好。
若暗下毒手却能横超果报，
割人首级却赢得绝世功高，
则一击得手便大功告成，
千了百了，那么此际此宵，
身处时间之海的沙滩、岸畔，
何管它来世风险逍遥。但这种事，
现世永远有裁判的公道：
教人杀戮之策者，必受杀戮之报；
给别人下毒者，自有公平正义之手
让下毒者自食盘中毒肴。　　　（《麦克白》第一幕第七场）

损神，耗精，愧煞了浪子风流，
都只为纵欲眠花卧柳，
阴谋，好杀，赌假咒，坏事做到头；

心毒手狠，野蛮粗暴，背信弃义不知羞。

才尝得云雨乐，转眼意趣休。

舍命追求，一到手，没来由

便厌腻个透。呀恰，恰像是钓钩，

但吞香饵，管教你六神无主不自由。

求时疯狂，得时也疯狂，

曾有，现有，还想有，要玩总玩不够。

适才是甜头，转瞬成苦头。

求欢同枕前，梦破云雨后。

唉，普天下谁不知这般儿歹症候，

却避不得便往这通阴曹的天堂路儿上走！

（十四行诗第一百二十九首）

三、无韵体白话诗译法

无韵体白话诗译法的特点是：虽然不押韵，但是译文有很明显的和谐节奏，措辞畅达，有诗味，明显不是普通的口语。例如：

贡妮芮　父亲，我爱您非语言所能表达；

胜过自己的眼睛、天地、自由；

超乎世上的财富或珍宝；犹如

德貌双全、康强、荣誉的生命。

子女献爱，父亲见爱，至多如此；

这种爱使言语贫乏，谈吐空虚：

超过这一切的比拟——我爱您。（《李尔王》第一幕第一场）

李尔　国王要跟康沃尔说话，慈爱的父亲

要跟他女儿说话，命令、等候他们服侍。

这话通禀他们了吗？我的气血都飙起来了！
火爆？火爆公爵？去告诉那烈性公爵——
不，还是别急：也许他是真不舒服。
人病了，常会疏忽健康时应尽的
责任。身子受折磨，
逼着头脑跟它受苦，
人就不由自主了。我要忍耐，
不再顺着我过度的轻率任性，
把难受病人偶然的发作，错认是
健康人的行为。我的王权废掉算了！
为什么要他坐在这里？这种行为
使我相信公爵夫妇不来见我
是伎俩。把我的仆人放出来。
去跟公爵夫妇讲，我要跟他们说话，
现在就要。叫他们出来听我说，
不然我要在他们房门前打起鼓来，
不让他们好睡。　　　　　　（《李尔王》第二幕第二场）

奥瑟罗　诸位德高望重的大人，
　　　　我崇敬无比的主子，
　　　　我带走了这位元老的女儿，
　　　　这是真的；真的，我和她结了婚，说到底，
　　　　这就是我最大的罪状，再也没有什么罪名
　　　　可以加到我头上了。我虽然
　　　　说话粗鲁，不会花言巧语，
　　　　但是七年来我用尽了双臂之力，

直到九个月前，我一直
都在战场上拼死拼活，
所以对于这个世界，我只知道
冲锋向前，不敢退缩落后，
也不会用漂亮的字眼来掩饰
不漂亮的行为。不过，如果诸位愿意耐心听听，
我也可以把我没有化装掩盖的全部过程，
一五一十地摆到诸位面前，接受批判：
我绝没有用过什么迷魂汤药、魔法妖术，
还有什么歪门邪道——反正我得到他的女儿，
全用不着这一套。　　　　　（《奥瑟罗》第一幕第三场）

目　录

《雅典的泰门》导言

　　在莎士比亚的 38 部戏剧中，有 37 部展示了家庭伦理和两性关系，比如父母子女关系、兄弟姐妹关系、情侣关系和夫妻关系等，这些关系通常是杂合在一起的。家庭和欲望的错综关系正是他戏剧世界的根基。《雅典的泰门》却是一个游离于该法则之外的特例。剧中人彼此之间没有血缘关系，主人公既没有家庭，也没有爱侣。

　　该剧似乎写于莎士比亚竭力塑造麦克白夫人（Lady Macbeth）和克莉奥佩特拉（Cleopatra）的女性角色的时期，但是他在该剧中却几乎完全摒除了女性，在一幕中只有两个走过场的妓女，对白仅四十字。剧中有假面女武士舞蹈，但像在《爱的徒劳》（*Love's Labour's Lost*）和《亨利八世》（*Henry VIII*）中一样，也许她们是被想象成变装的男士。该剧中也没有儿童：在莎翁剧团里儿童演员的戏份很少会如此微乎其微。

　　在莎士比亚的所有的喜剧和几部悲剧中，调皮的小爱神丘比特（Cupid），无形中掌控着剧中人的命运，在《雅典的泰门》一剧中则是真正现身，向假面舞者宣读开场白。但具有讽刺意味的是，他对剧情发展没有起到任何作用。丘比特之箭没有射中任何剧中人的心，而对金钱的贪婪（Cupidity）才是作者要鞭挞的核心。

　　《雅典的泰门》是卡尔·马克思最喜爱的戏剧。他写道："在《雅典的泰门》中，莎士比亚揭示了金钱的两个本质。金钱是可见之神，可使人性逆转，天性悖然，可使天下大乱，万物违和，兄弟阋墙。金钱是人尽可夫的娼妓，也是使全天下勾搭成奸的掮客。"简言之，我们崇拜金钱，金钱却扭曲我们的价值观，把世间一切关系转换成了商业交易。正如剧中路歇斯的仆人所说："对，我想我们都来干同一件事：要钱。"其他莎剧都没有对仆人给予如此多关注，特别是着意刻画了主仆关系，而非父母子女关系或男女关系。莎士比亚和他的合作者托马斯·米德尔顿（Thomas Middleton，悲剧和喜剧大师，擅长描绘商贸交易）一道，淋漓尽致地表达了对金钱的看法，马克思的观点正与此契合。金钱是人尽可夫的娼妓，而剧中唯一的女性角色也是娼妓：这就是娼妓的象征意义。而该剧之初，作者选取一帮无名之辈在兜售各色物品：珠宝首饰、绫罗绸缎、诗歌画作，其意义也是如此。

诗人的出场尤其趣味横生，他道出了莎士比亚自己的艺术观。从他把早期的诗歌献给索桑普顿（Southampton）伯爵的经历，他知晓了寻求赞助人的个中滋味，作为"国王追随者剧社"的要员，他亲眼目睹了雅各宾派当政期间文人们为寻求赞助而趋走奉迎的狂热。在《雅典的泰门》开场时，借画家之口，说出了诗人正热切地准备"把一幅作品献给一位大人物"，而诗人的回答也暗示了莎士比亚举重若轻、大巧若拙的艺术风范。要燧石取火，须孜孜以求之，而诗歌却油然而生，"如树胶流溢于根植繁盛处。"

该剧的开场浓墨重彩地展示了古典时期和莎士比亚时期的文化是怎样通过曼妙的礼仪制度得以发展的，其中热情好客和恭敬有礼是该礼仪制度的主要因素，而礼尚往来和出手豪阔在该礼仪制度中同样也是不可或缺的。送礼不是自发的慷慨之举（是否真曾自发过？），该习俗与近代社会的道德义务和商业交易的网络密不可分。

为了维持其受人敬仰的地位，泰门不得不挥金如土，大宴宾客。正如泰门府上唯一的明智之人、管家弗莱维斯所察觉的，连日的觥筹交错已经使他的主人财源告罄。具体而言之，在莎士比亚的年轻时代，当他的父亲一度发迹之时，他或许也有过类似的经历，但此后挥霍无度，竟至借贷度日，后因债务难偿而麻烦缠身。在《雅典的泰门》中，虽然财富的数量被极度夸张，但家财罄尽时伴随着带有哲学意味的评说，其与莎士比亚本人的经历还是大同小异的。

概言之，莎士比亚对哲学的说教还是持有疑义的。他对人们在极端情况下的所作所为更感兴趣，而不是计较于他们的自我表白。在《莎士比亚全集》中，"哲学家"一词仅用过十次。其中有四次用于喜剧中的调侃，另外六次仅出现在詹姆斯一世（King James I）当政时期先后写成的两部戏剧中。这两部戏剧都是悲剧，情节大致相同：主人公盛极而衰，由城市或朝廷流落到森林或暴雨滂沱的旷野，在这荒郊野外，主人公对其同类义愤填膺，大加挞伐。这两部戏剧一部是《李尔王》（King Lear），另一部就是《雅典的泰门》。其相似之处比比皆是。

凡罗之仆　什么是嫖客，傻瓜？

傻子　　　嫖客就是穿得人模狗样的傻瓜，跟你一样。嫖客是变来变去的幽灵：有时像老爷，有时像律师；有时像不阴不阳、故弄玄虚的哲人，有时像横枪立马、跃跃欲试的武士；嫖客通常随意变形，从八十岁的老头，到十三岁的孩子，咋变咋像。嫖客过来了！

凡罗之仆　你不是真傻耶！

通过这一段对话可以看出，傻瓜的口吻和李尔王如出一辙。《皆大欢喜》（*As You Like It*）一剧中的贾奎斯（Jaques）或许自认为是一个哲学家，但是只有在《雅典的泰门》中，我们才会遇到唯一的一位职业哲学家：艾帕曼特斯。他在泰门的首次宴会上说："我来观看群丑。"而在整部戏剧中他一直在冷眼旁观。在他身上体现出了贾奎斯愤世嫉俗的哲学。愤世嫉俗者把斯多葛学派反对圆滑世故的倾向发挥到了极致。有人说，一个愤世嫉俗的人就是一个斯多葛学派分子，只是没有穿古希腊人的短袖长袍而已。其代表人物就是大言不惭的第欧根尼（Diogenes），其人反对文明，崇尚自然，乃至于四处流浪。艾帕曼特斯在该剧中却是"哲学家"。但是不管是对艾帕曼特斯而言，还是对贾奎斯而言，愤世嫉俗是姿态。实际上，二人也相当喜欢交往，也喜欢美食。泰门却成为了真正的愤世嫉俗者。

在第二幕，当傻瓜同艾帕曼特斯一起出场时，曾说道："亲哥蜜姐追不得，妇人女流随不得，哲人有时候倒是可追可随的。"在《李尔王》剧中的许多地方，主人公把傻瓜的话又进行了深层次的发挥。泰门追随的就是哲人的道路，而没有追随情人、兄弟和其他女性。他后来又宣称："我憎人恨人，我痛恨全人类。"他也变成了第欧根尼，摒弃财富，痛恨世故，最后死于海滨的洞穴。

其愤世嫉俗行为的前一半结束于第二次宴会。在该次宴会上，泰门除了冷嘲热讽，没有给宾客们提供任何可享用的东西。由于痛恨人类，他遁入林间。与此同时，艾西巴第斯将军也遭流放。从这一点上看，英勇的将军和城市的有功之人变成了刻薄寡恩的社会制度的牺牲品，也沦为了雅典暴政的替罪羊。正像遭受流放的科利奥兰纳斯（Coriolanus，莎士比亚在两年后写成的另一部经典剧作中的人物）一样，艾西巴第斯也向迫害过他的雅典城进军，而雅典城的元老们的反应是，让泰门去充当和事佬的角色，这与伏伦妮娅（Volumnia）在《科利奥兰纳斯》（Coriolanus）剧中所起的作用是一致的，即他通过自杀间接达到了目的，象征性地消除了艾西巴第斯对雅典城的仇恨，使艾西巴第斯跟城邦讲和了。然而，这一平行线索未能完全展开。

该剧的核心部分在第四幕第三场，该场戏阵容庞大，众人纷纷去林间造访泰门，给了他发泄对人类不满的机会。这一场呈对称性结构，前半场展示了一系列说客们前去求情，后半场展示了众位访客对泰门不幸遭遇的唏嘘感喟。在众访客中，就有职业哲学家艾帕曼特斯。在该剧的开场，他就对泰门作了一些中肯而真心实意的告白，比如说"在谄媚者眼里，喜欢谄媚的人就是好人。"而在第四幕第三场下半场中，他又说："你从不晓人性中道，只知竭其两端。当你华服炫然、遍体喷香时，他们嗤笑你讲究摆谱；当你衣衫褴褛、孤苦无依时，他们又蔑视你不修边幅。"在亚里士多德的古希腊道德哲学中，就对德行的中庸之道大加颂扬。悲剧讲的就是未能遵循德行中道、而走入极端的人们的故事。泰门就是悲剧人物的范例。

该剧女性角色少，也无家庭纽带可言，在莎剧中最不出名，受喜爱的程度最低，上演的次数也最少。但是该剧对拜金风尚的揭露却是入骨三分。为什么大量花得起钱去剧院看戏取乐的富人们愿意花费一个晚上纠结于这个题材？泰门在该剧后半部唱段的凄美愤懑，管家弗莱维斯的忠心耿耿，艾帕曼特斯和傻瓜的智慧超群：所有这些都难以弥补英雄美人戏份的缺憾。如果艾西巴第斯的人物形象塑造得更圆满一些，或许故事情节的发展将会是另外一番样子。虽然没有直接的证据，但批评家们一直认为该剧没有完成，或者表演没有到位，这是不足为怪的。

但在洞见与文采方面，该剧的后半部与莎士比亚的任何戏剧相比，都毫不逊色。他直接说出了他所处的时代和我们的时代面临的重大问题：文化和自然的关系问题。泰门所离弃和谴责的家园是雅典城，这既是民主、哲学和戏剧艺术的诞生地，也是西方文化的缩影。当他遁入丛林，他就从文化回归了自然，这一过程同人类努力脱离自然走向文明的路径正好是相反的。这位愤怒的流放者最初也相信，自然的秩序同他曾生活过的雅典城的社会秩序是一致的。他认为自然的力量也和人类社会的各方势力一样，存在着相互交换和相互欺骗的关系：

> 太阳是贼，用它那强大的引力
> 去劫掠大海；月亮更是贼，
> 她那苍白的月华本是从太阳那里偷来；
> 大海是贼，她那澎湃的波涛
> 把月亮融成咸咸的眼泪；大地是贼，
> 它偷取粪便而自沃自肥，
> 每一样东西都是贼。

他还指责大地，其储藏的贵重金属（金银）肇始了商品贸易，从而成为万恶之根源。

但是在泰门落魄之时，他却产生了某种精神上的升华。其人生轨迹终究与莎士比亚后来的一部戏剧中的安东尼（Antony）和克莉奥佩特拉大同小异。扔掉了金子之时，他却在死亡的迫近中找到了安宁："我在健康和生活上的症结现在开始解开，/ 我死之后，更会全面解脱。"而且他"已经在大海之滨 / 建起了永久的府邸。"他从家财散尽，到命归无常，先是丛林栖居，继而海滨殒身。19 世纪批评家威廉·黑兹利特（William Hazlitt）指出，泰门之命终"从世俗短暂的浮华中脱离，寻求到了大自然永久的肃穆。"

虽然该剧用带有古味的英语写成，显得不合时宜，但不管对黑兹利特，还是对我们，该剧都有某些经久不衰的深刻之处，一个灵魂面对茫茫大海的思索，让人领会金钱并非万能，也没有任何事物能够带来所求一切。像李尔王和他的教子爱德加（Edgar）一样，泰门是盛极而衰、大起大落的一小撮悲剧人物之一。该剧同《李尔王》的不同之处在于，在《李尔王》中，爱的真谛见于《新约·启示录》，而在《雅典的泰门》中，泰门孑然殒身，伴其命终者唯有大地、海洋和天空。

参考资料

作者： 长期以来，《雅典的泰门》被视为一部尚未完成的莎士比亚剧作，现代学界认为，其极有可能是莎士比亚与托马斯·米德尔顿合作完成的，其分工体现在以下各场次：

1.1　莎士比亚，或经米德尔顿略作增益

1.2　米德尔顿

2.1　莎士比亚

2.2　二人合作

3.1–3.6　米德尔顿

3.7　合作（开始与结尾部分由米德尔顿执笔，中间由莎士比亚执笔？）

4.1　莎士比亚

4.2　二人合作？

4.3–5.1　莎士比亚作，米德尔顿略有增益（特别是泰门与弗莱维斯会面一场）

5.2–5.4　莎士比亚

剧情： 泰门是一位雅典富豪，以生性洒脱著称。该剧一开始，就有众人聚集在泰门府外，等待着向他献媚求荣。众人纷纷谈及他的豁达大度，这一特点很快就会由后面的剧情发展所证实：他一出场，就替他的一个朋友还债，使其免于牢狱之灾；送钱给他的一个仆人，让其娶妻成家。只有愤世嫉俗的哲学家艾帕曼特斯对泰门朋友的真诚抱有怀疑。年轻的将军艾西巴第斯是泰门的座上贵客，同其他朋友一起应邀赴泰门之宴。在席间，泰门更是广散资财，慷慨赠友。然而，泰门的管家弗莱维斯颇感不妙，因为泰门一掷千金的生活方式已经使财囊告罄。泰门的债主们开始上门讨债，而泰门只好逐一向朋友求助，却一一遭拒。他又邀请他们再次赴宴，这次不仅没有饭食，而且还怒斥了他们的不义。艾西巴第斯手下的一个兵士杀人获罪，艾西巴第斯向元老们请求赦免未果，反被恼怒的元老们逐出雅典。万念俱灰的泰门离开雅典，离群索居，对其同类憎恨不已。一天，在他挖树根以果腹充饥之时，他却发现了黄金，又把黄金分掉了。首先把黄金给了艾西巴第斯一部分，充当他兴兵攻伐雅典城的军费；接着给了提曼德拉和菲莉妮娅两个妓女一部分，也给了一帮强盗一部分。最后，他又把部分黄金给了管家弗莱维斯。听到这一消息，泰门的更多损友们纷纷趋之若鹜，极尽追捧之能事，但被泰门逐回，来自雅典元老院向泰门求救以抵御艾西巴第斯大军的元老们也同样被逐。艾西巴第斯击败了雅典众元老的部队，攻下雅典城，这时传来消息，泰门死了。

主要角色：（列有台词行数百分比/台词段数/上场次数）泰门（34%/210/8），艾帕曼特斯（10%/100/4），弗莱维斯（8%/41/6），艾西巴第斯（7%/39/5），诗人（4%/30/2），元老甲（4%/27/4），画师（3%/30/2），元老乙（3%/14/4），路西律斯（2%/13/2）。

语体风格：诗体约占 75%，散体约占 25%。

创作年代： 1604—1606（？）日期不详，但其相近的风格，表明该剧的创作日期接近于《李尔王》和米德尔顿的《擒老妙计》（*A Trick to Catch the Old One*）（1605）；这是米德尔顿供职于"国王供奉剧团"的那段时期，因此，该剧极有可能是莎士比亚和米德尔顿合作的产物。该剧故事的出处与《安东尼和克莉奥佩特拉》（*Antony and Cleopatra*）近似，也为该剧的创作时期提供了佐证。剧中对假面舞会的表现和对拍马溜须者的关注更多地体现了雅各宾时期（即1603年伊丽莎白女王去世之后的时期）的特点，而非伊丽莎白时期的表征。该剧不是标准的五幕剧，表明了该剧是"国王供奉剧团"在黑衣修士剧场开演室内剧前所创（即在1608年以前）。

取材来源： 泰门故事的大体轮廓可见于普卢塔克（Plutarch）的《马克·安东尼传》（*Life of Marcus Antonius*），这也是莎剧《安东尼和克莉奥佩特拉》的主要故事来源。普卢塔克所撰的《希腊罗马名人传》（*Lives of the Most Noble Grecians and Romanes*）中也包含了亚西比德（Alcibiades）的传记，也为《雅典的泰门》的次要情节的安排提供了素材。另一个主要来源出自公元2世纪希腊讽刺诗人萨莫萨塔的卢奇安（Lucian of Samosata）作品中关于泰门的对话（原作可能在1528年由伊拉斯谟（Erasmus）译成了拉丁语）。其场景（特别是第二次宴会的场景）与某所不知名的大学或律师学院的场景极为逼似，或许这就是故事发生的出处。有可能莎士比亚借鉴了普卢塔克的作品，而米德尔顿则照搬了正剧和卢奇安作品中的某些内容。艾帕曼特斯的人物形象似乎也与约翰·黎里（John Lily）的喜剧《坎帕斯佩》（*Campaspe*）（1581）中的反人类哲学家第欧根尼的形象如出一辙。

文本： 该剧相对简练，而内部结构却多有交错，比如安排在第二幕第二场的结尾弗莱维斯与文提狄斯的会面显得空洞无物，给人的感觉是该剧并不完整。文本上的问题目前被认为很可能是由于合作所致。多数学者认为该版本出自剧作家的草稿。这一点虽不能确知，但人们往往把剧本存在的疏漏或瑕疵归结于版本问题而不是出版商的工作质量问题。

乔纳森·贝特 (Jonathan Bate)

雅典的泰门

泰门，雅典人

弗莱维斯，泰门的管家

艾西巴第斯，雅典将军

艾帕曼特斯，愤世嫉俗的哲学家

路西律斯 ⎫

弗莱米涅斯 ⎬ 泰门之仆

塞维律斯 ⎭

诗人

画师

珠宝商

绸缎商

傻子

雅典老者

侍童

路歇斯 ⎫

路库勒斯 ⎬ 贵族诌媚者

辛普洛涅斯 ⎭

文提狄斯，泰门损友之一

凯菲斯 ⎫

凡罗之仆 ⎪

菲洛特斯 ⎪

泰特斯 ⎬ 放贷者之仆

路歇斯之仆 ⎪

霍坦歇斯 ⎭

众元老

丘比特扮演者与化装众舞女

众强盗

菲莉妮娅 ⎫ 妓女，艾西巴第斯的姘头

提曼德拉 ⎭

三个过路人　过路人乙名为霍斯提律斯

信差二人

其他贵族

众仆人、侍从

第一幕

第一场 / 第一景

雅典，泰门府第外

诗人、画师、珠宝商、绸缎商自多个门口上

诗人 您好，先生。

画师 很高兴见到您，您看起来不错。

诗人 好久不见，过得好吗？

画师 每况愈下，先生。

诗人 唉，这是尽人皆知的。

有什么特别的奇事轶闻

不曾被长篇累牍地记载过？

看呐，你魔力无边，把所有的精灵

都拘来供你驱遣。那个商人我认识。

画师 两个我都认识，另一个是珠宝商。

绸缎商 （对珠宝商）啊，好一位尊贵之人。

珠宝商 可不！千真万确！

绸缎商 一位无与伦比的人，似乎一息尚存，

就孜孜不倦，行善不已；

真是超群绝伦。

珠宝商 我这里有一件珠宝——

绸缎商 啊，请让我看看。先生，这是给泰门的吗？

珠宝商 如果他能识货的话。但是——

诗人 （诵）诗人惯于将善行赞美，

而若称颂疵品的身价不菲，

迷人的诗行将玷污诗人的光辉，

绸缎商	（看珠宝）样式不错。
珠宝商	价值连城，绚丽通透，看呐！
画师	（对诗人）先生，您又诗兴大发了吧，
	献给这位达官贵人吧。
诗人	闲情逸致而已。
	诗歌如树胶，流溢于
	根植繁盛处。燧石之火
	未经敲击无从迸发；而诗情，或如温火
	恬然不熄，或如飞涛拍岸
	一泻千里。那是什么？
画师	这是一幅画，先生。您的诗作何时面世？
诗人	一旦上呈显贵，即可得见天日，先生。
	让我观赏一下您的画作。
画师	（展示画作）还不错吧。
诗人	当然，简直美妙绝伦。
画师	一般而已。
诗人	绝妙之极！
	仪态优雅，简直呼之欲出！
	目光炯炯，益显智力不凡！
	唇似歙合，真乃鬼斧神工！
	无语弄姿，包蕴万语千言！
画师	这是一张真人的临摹像。
	此处笔法不错吧？
诗人	就我看来，
	真乃佳作天成，这几笔点染

使画像比真人更加生趣斐然。

若干元老上，他们走过场

画师　　看这位大人：前呼后拥，众星捧月。

诗人　　雅典的元老们，有福之人也。

画师　　看，还有。

诗人　　看这帮人，趋走迎奉，车水马龙。

　　　　　（展示诗稿）我在拙诗中刻画出一个人，

　　　　　为天下苍生所拥戴，

　　　　　为芸芸众生所尊崇；

　　　　　我不存具象，唯信笔挥洒，

　　　　　神游意海——

　　　　　全篇没有侵染丁点恶意——

　　　　　恰如猛隼一飞冲天，

　　　　　踪迹渺然。

画师　　我不懂您的意思。

诗人　　让我向您解释。

　　　　　您看，芸芸众生，各色人等，

　　　　　或油滑，或奸诈，

　　　　　或严谨，或庄重，莫不卑身献媚，

　　　　　听命于泰门大人。他的巨富，

　　　　　加上他贤德，

　　　　　无不惹人钦慕，甘为驱使；

　　　　　巧言令色的马屁精自会争相巴结，

　　　　　而愤世嫉俗的艾帕曼特斯，竟然也

　　　　　屈膝匍匐在他的面前。

　　　　　泰门微微颔首，

　　　　　便可唾手暴富，满载而归。

画师   我看见他们在一起交谈。

诗人   先生，根据我的想象，在祥和的高山上，

      命运女神已君临宝座，山下

      是形形色色的俗众

      奔波在凡尘间，

      蹿跳于名利场。

      所有的眼睛都凝望着女神，

      而泰门的身形也在其中，

      女神用她的纤纤玉手向他召唤，

      女神的恩宠，使他的仇敌

      皆变作他的奴仆。

画师   让我想想，宝座、女神、圣山，

      果然构思精妙！

      山下俗流虽众，唯有一人蒙受神恩，

      他正向着陡峻的峰峦俯首膜拜，

      为他的福报而奋力攀登。

      正是我们此时的写照吧！

诗人   不，先生，听我说下去。

      所有先前与他并驾齐驱者，

      乃至胜其一筹者，如今都已步趋其后；

      其家宾客盈门，嘘寒问暖，

      其耳纶音不绝，妙意殷殷，

      纵为其牵马坠蹬，亦荣幸之至，

      唯投身泰门，方能吮啜自由的空气！

画师   啊，天哪，怎么会这样？

诗人   当命运女神心意转换，

      把她的宠儿一脚踢下，

所有攀附其后、乃至手膝并用、

向着山顶奋力高爬的追随者，便任其飞坠而下，

无人步趋相随。

画师 这是人之常情，

我可用一千幅劝世之画

来展示命运的吉凶祸福，

比语言更加触目惊心。不过，

您最好向泰门大人明示，卑下之人都看出来了：

当头一脚，不得不防。

号角齐鸣，泰门上，路西律斯及其他仆人随后，与前来巴结者礼貌交谈，然后
向一信差问话

泰门 你说他入狱了，是吗？

信差 是的，我好心的大人。他已负债五泰伦[1]，

穷困潦倒，而催债者却又咄咄逼人，

他渴望您写一封尊函，

给那些关押他的人，您要不写，

他将厄运来临。

泰门 高贵的文提狄斯！好吧，

我不是那种朋友需要时

推三阻四的人，我知道

他是一位值得帮助的君子，

我会帮他的，我替他还债，让他重获自由。

信差 大恩大德，此生难报！

泰门 向他转达我的问候。我这就去为他交赎金，

---

1 五泰伦（five talents）：一大笔钱，17 世纪早期一泰伦具体的价值不清楚，但似乎在 ₤150
和 ₤200 之间。

获释之后，让他来我这里；
仅对弱者施以援手是不够的，
还要对他多加扶持。再会。

信差　　　祝您洪福齐天。　　　　　　　　　　　　　　下

一雅典老者上

老者　　　泰门大人，听我说句话。

泰门　　　说吧，老人家。

老者　　　您有个名叫路西律斯的仆人吗？

泰门　　　有的，他怎么了？

老者　　　最最尊贵的泰门，把他叫出来。

泰门　　　看看他在不在？（呼唤）路西律斯！

路西律斯　（上前）我在这里呢，老爷，您有什么吩咐？

老者　　　就是这个家伙，大人！您的这个仆人
经常在晚间到我家来求亲。
我生来节俭度日，
继承我家业的女婿应该是有身份的人，
而不是一个贱奴。

泰门　　　嗯，讲下去。

老者　　　我只有一女，此外别无亲人
可继承我的家产。
小女年轻貌美，尚未婚配，
我历经千辛万苦，
才将她养大成人。而您的这个仆人
却来向她求爱，大人呐，我求您了，
跟我一起阻止他去纠缠，
我已说过多次，可他总是置若罔闻。

泰门　　　不会吧，我的这个仆人很老实的。

老者　　　　所以就要守规矩，泰门大人呐，

　　　　　　老实就要安守本分，

　　　　　　而不应勾引我的女儿。

泰门　　　　你女儿爱他吗？

老者　　　　我女儿少不更事，

　　　　　　我们年轻时，也难免心猿意马，

　　　　　　情不自禁。

泰门　　　　（对路西律斯）你爱他女儿吗？

路西律斯　　爱呀，大人！而且她也接受了我的爱。

老者　　　　如果她未经我同意而结婚，

　　　　　　众神作证，我宁愿

　　　　　　把家产让乞丐继承，

　　　　　　也不给她一星半点。

泰门　　　　如果她嫁给一个门当户对的丈夫，

　　　　　　你该如何陪嫁呢？

老者　　　　陪嫁相当丰厚，日后一切都是她的。

泰门　　　　这位兄弟跟了我好久，

　　　　　　我愿意竭力相帮，成全于他。

　　　　　　把你女儿嫁给他，

　　　　　　你给女儿多少，我就给他多少，

　　　　　　这样才会相互般配。

老者　　　　贤德的大人呐！

　　　　　　承蒙您的厚意，就把女儿嫁给他了。

泰门　　　　握手为定，我以名誉担保，必定言出必行。

路西律斯　　小的多谢大人！

　　　　　　一切机缘、运气

　　　　　　全部仰仗大人！

　　　　　　　　　　　　　　　　　　　　路西律斯与老者下

诗人	这是在下的诗作，献给大人，祝大人您健康长寿！（呈上诗稿）
泰门	谢谢！我一会儿还有话说，
	不要走开——（对画师）您拿的是什么，朋友？
画师	是一幅画，
	悬请大人收下。（呈上画作）
泰门	一幅画，太好了！
	画得简直栩栩如生，
	自从虚伪奸诈驰入人的本性，
	人就变成了一具皮囊：您画出来的人物
	简直太逼真了；我喜欢您的画，
	您应该清楚这点。您再等一会儿，
	我还有话说。
画师	愿神灵保佑您！
泰门	再会，先生们！把手给我，
	我们一定要一起进餐的。
	（对珠宝商）您的珍宝在溢美声中反倒亏了。
珠宝商	怎么，大人，被低估了吗？
泰门	是溢美过度，
	价格是吹上去的，如果我按此价付款，
	就会倾家荡产。
珠宝商	大人，这是卖方定的价：但您是知道的，
	货价高低，因人而异，就看货在谁手里。
	大人，信不信由您，
	经您佩戴，身价倍增。（呈上珠宝）
泰门	真会说笑。

艾帕曼特斯上

| 绸缎商 | 不，大人，他说的是众人共识， |

	人人都那么说。
泰门	看，谁来了，你们要挨骂了。
珠宝商	大人您不介意，我们也能忍受。
绸缎商	他是见谁骂谁。
泰门	早上好，温良的艾帕曼特斯！
艾帕曼特斯	等我温良了之后，你再说"早上好"吧——
	等你成了泰门的狗，等这些恶棍从善之后，再说不迟。
泰门	你为什么称他们恶棍？你又不认识他们。
艾帕曼特斯	他们不是雅典人吗？
泰门	是雅典人。
艾帕曼特斯	那就没错。
珠宝商	你认识我吗，艾帕曼特斯？
艾帕曼特斯	你知道我认识你，我刚才还叫过你的名字。
泰门	你太骄傲了，艾帕曼特斯！
艾帕曼特斯	我最自傲的是我不像泰门。
泰门	你要去哪里？
艾帕曼特斯	去打破一个老实雅典人的脑壳。
泰门	打死了人你要偿命的。
艾帕曼特斯	对，如果无罪都可依法处死的话。
泰门	艾帕曼特斯，你喜欢这幅画吗？
艾帕曼特斯	至多一幅画而已，无所谓。
泰门	难道画家画得不好吗？
艾帕曼特斯	造物主造画家时倒是身手不凡，
	只不过造出的是一个拙劣货色。
画师	你这狗东西！
艾帕曼特斯	你妈与我同类，我是狗，她是啥？
泰门	跟我一起去吃饭吗，艾帕曼特斯？

艾帕曼特斯	不，我不吃那些大人。
泰门	你要是吃了大人，太太小姐们会生气的。
艾帕曼特斯	她们才吃大人呢，一个个吃大了肚子。
泰门	下流无耻。
艾帕曼特斯	你吃过苦头吧，所以你才这么想。
泰门	喜欢这块宝石吗，艾帕曼特斯？
艾帕曼特斯	不喜欢，我喜欢坦坦荡荡，这用不着破费钱财。
泰门	你认为价值几何？
艾帕曼特斯	我不屑于思考此事。——你好吗，诗人？
诗人	你好吗，哲人？
艾帕曼特斯	你满口胡言。
诗人	你不是哲人吗？
艾帕曼特斯	是的。
诗人	那么我没有胡言乱语。
艾帕曼特斯	你不是诗人吗？
诗人	是的。
艾帕曼特斯	那么你惯会胡说八道：看看你上次写的诗，你把泰门捏造成了一个好人。
诗人	没有捏造，他就是好人。
艾帕曼特斯	是的，你写诗，他付钱，他对你而言是好人。在谄媚者眼里，喜欢谄媚的人就是好人。天哪，我要是一个老爷该多好啊！
泰门	你成了老爷又该怎样，艾帕曼特斯？
艾帕曼特斯	就像现在我所做的那样：从心里恨死了老爷。
泰门	呀，自我痛恨吗？
艾帕曼特斯	是的。
泰门	为什么呢？

艾帕曼特斯	恨我缺乏做老爷的熊脾气。——你不是一个商人吗？
丝绸商	是的，艾帕曼特斯。
艾帕曼特斯	假如神灵没有让你完蛋，但愿你的买卖让你倾家荡产！
丝绸商	买卖盈亏，都是神灵的意思。
艾帕曼特斯	投机牟利就是你的神灵，而你的神灵将会让你一败涂地！

号声起。一信差上

泰门	怎么有号声？
信差	那是艾西巴第斯将军 带着二十多骑人马过来了。
泰门	快去招待他们，把他们领过来。　　　　　　　若干侍从下 各位需跟我一同用餐，——不要走了， 我还没答谢诸位呢。用餐之后， （对画师）再把画给我看一下。 （对众人）得见诸位，不胜之喜。

艾西巴第斯将军率随众上

泰门	热诚欢迎，先生们！
艾帕曼特斯	啧啧！看看吧！ 愿这帮奴颜媚骨的家伙肢体酸痛！ 一个个口蜜腹剑，假充斯文！ 人都退化成狒狒和猿猴了。
艾西巴第斯	先生，分别已久，甚是思念。 （对泰门）今日得见，快慰平生！
泰门	欢迎先生，欢迎呐！ 我们自当开怀畅谈，尽欢而散。 请进。　　　　　　　　　　　除艾帕曼特斯外众人下

两贵族上

贵族甲	现在是什么时候了，艾帕曼特斯？

艾帕曼特斯　该老实的时候了。

贵族甲　任何时候都该老实呀。

艾帕曼特斯　所以你罪该万死，你根本不知老实为何物。

贵族乙　你来泰门大人家赴宴吗？

艾帕曼特斯　然也！去看肉充奸人腹，酒灼愚夫肠。

贵族乙　再会，再会！

艾帕曼特斯　你这个傻瓜，向我说两次"再会"。

贵族乙　你这是何意，艾帕曼特斯？

艾帕曼特斯　你应该把一句"再会"留给你自己，因为我是不想跟你说"再会"的。

贵族甲　上吊去吧你！

艾帕曼特斯　恕不从命，叫你的狐朋狗友上吊去。

贵族乙　你这条到处咬人的恶狗，滚开，否则我把你踢倒在这儿！

艾帕曼特斯　笨驴的蹄子踢来了，我就像狗一样赶紧躲开。　　　　下

贵族甲　这个不近人情的家伙！来吧，让我们进去
品尝泰门大人的高谊，
他宅心仁厚，世间罕有。

贵族乙　他恩泽广施，
财神普鲁图斯不过是他的管家；
他仗义疏财，
微物之馈，必七倍以谢；
薄礼之赠，必高利以偿。

贵族甲　此公气度不凡，
前无古人。

贵族乙　愿他福禄绵长！我们进去吧？
我陪您一起。　　　　同下

第二场 / 第二景

泰门府第宴会厅

双簧管高奏。厅中已设盛宴：泰门、众元老、雅典显贵、艾西巴第斯与刚被保释的文提狄斯上。艾帕曼特斯最后上，依旧玩世不恭，忿忿不平

文提狄斯　　最最可敬的泰门，

我父亲年事已高，蒙众神厚爱，

令其永享安息。

他已怡然而逝，把财富让我承袭：

蒙您慨然相助之德，

我已免于羁押之灾，

就让我以加倍感激和敬意，

偿还您为我的付出。（递上钱款）

泰门　　啊，千万不要，

诚实的文提狄斯。您误会了我的意思：

那笔钱是我无偿相送，

岂有收回之理？

位尊者讲究礼尚往来，你我不可模仿：

阔人即使有错，也无人敢责。

文提狄斯　　真高洁之士也！（众贵族执礼恭立）

泰门　　别这样，列位大人，

礼节的订立，一开始

只是用来掩饰行为的造作、交情的空洞

和善意的淡漠，

而真正的友谊无需礼数周全。

　　　　　　　　请坐吧，财富固然使我其乐融融，

　　　　　　　　但我更喜欢跟列位分享与共。（他们坐下）

贵族甲　　　大人，我们也时常这样表白。

艾帕曼特斯　嚯，嚯！这样表白？是吗？见鬼去吧你！

泰门　　　　啊，艾帕曼特斯，欢迎光临。

艾帕曼特斯　不，你不要欢迎我，

　　　　　　　　我来是想让你把我逐出门外。

泰门　　　　嘿，你这个乡间野夫，老是举止乖张，

　　　　　　　　不合于俗，真是不好意思指责你。

　　　　　　　　人言"发怒是瞬间的疯癫"，

　　　　　　　　可你总是怒气冲冲。

　　　　　　　　去，让他单人独桌，

　　　　　　　　因为他不喜欢与人为伍，

　　　　　　　　实际上也不配与人为伍。

艾帕曼特斯　泰门，让我登门，你是咎由自取，

　　　　　　　　我来观看群丑，并予以评点。勿谓言之不预也。

泰门　　　　我不会在意你的，既然你是雅典人，那么欢迎你。我本人
　　　　　　　　无法让你噤声，只好用肉塞住你的嘴。

艾帕曼特斯　谁稀罕你的肉！它会噎死我的，因为我从来不向你吹捧献
　　　　　　　　媚。神明啊！让我伤心的是，多少人在吃泰门，而他却视而
　　　　　　　　不见！看到那么多的人拿着肉，蘸着他的血而大啃大嚼，而他
　　　　　　　　却对饕餮之徒殷勤相待。真真谵妄之极！

　　　　　　　　人竟然对同类深信不疑。

　　　　　　　　我认为，请客时不该备下切肉刀：

　　　　　　　　既确保肉不剖分，又确保性命无忧。

　　　　　　　　这是有许多先例可循的：坐在他身边，与他分饼而食、交
　　　　　　　　盏而饮的家伙，就是最便于将他戕害的真凶。往事历历，

有据可查。如果我位高权重，我将不敢在席间仰面干杯，
以防不逞之徒觑准我的咽喉要害而一击致命：
邀人饮酒，须得在颈部包上铁甲。

泰门 衷心欢迎列位大人光临，请开怀畅饮吧！

贵族乙 让我给您把酒满上，大人！

艾帕曼特斯 "给您把酒满上"？好一个见风使舵、顺势拍马的家伙！觥
筹交错，人颓财消啊，泰门大人。
这里有白水一杯，淡而无味，
绝不伤身，亦绝非令人如陷泥沼，头脑昏聩；
这样的杯盏，正好配我的饭食，了无分别，
如此奢靡的豪宴，都让人忘记向神明祝谢。

(做餐前祝谢辞)
不朽的神明，我不会爱财如命，
我只将自己的祈愿上达天听：
保佑我永远不要如此愚钝，
仅凭信誓旦旦去轻信他人，
莫信泪眼婆娑的娼妓，
当防闭眼假寐的疯狗，
远离让我身陷囹圄的狱吏，
也提防用得着的知己好友。
阿门。开饭了！
富人暴殄天物，我却咽菜充饥。
艾帕曼特斯啊，这都是你好心所致，吃吧！ （吃）

泰门 艾西巴第斯将军，您正在心驰疆场吧。

艾西巴第斯 我的心时刻听命于您，大人。

泰门 你宁愿享敌人之朝食，而不愿就朋友之正餐。

艾西巴第斯 是的，大人，敌血飞溅，其肉至鲜，

诚与至交好友，共享噬敌之宴。

艾帕曼特斯　但愿这些谄媚之徒皆是你的敌人，执而杀之，分我一杯羹！

贵族甲　啊，大人，若您需要我等竭诚尽忠，我等不胜欣慰；若我
等曾尽绵薄之力报答大人，则此生无憾矣！

泰门　啊，这是无疑的，我的好友！神意注定让我得到列位大力
相助，否则列位怎会与我相交呢？识者千人众，知己本寥
然。为何列位与我同享挚友之名？列位岂不是我的贴心至
交吗？以往多是我在谈列位与我的交情，而列位因为谦卑，
很少贸然自语，今天我就跟列位明确定交了。神明啊，我
曾想过，如果我们从不需要朋友，我们何必去交朋友？如
果我们从不需要朋友，朋友岂不成了最最无用之生物，恰
如闲置匣中的乐器，自会消磨甜美之音。我经常希望自己
更加贫贱，以便能与列位折节倾心。利人济物乃我等天性，
将自己财物与朋友共享，并无彼此之称，岂非善莫大焉？
有诸多兄弟般的好友分享彼此的资财，真人间至乐也！啊，
乐未生时已伤情，我已禁不住涕泪盈盈。请列位忘记我的
失态，开怀畅饮吧。（泣，干杯）

艾帕曼特斯　泰门，你一落泪，会使他们贪杯[1]。

贵族乙　（对泰门）因为喜悦，故而大人眼中落泪，
我也禁不住婴儿般泪如泉涌。

艾帕曼特斯　呵，呵！我想，那个婴儿是私生子吧？可笑！

贵族丙　（对泰门）大人，您的的确确感人至深。

艾帕曼特斯　骗人至深！

号声起

1　原文为 Thou weep'st to make them drink. 此处有双关之意。其隐含的意思是：泰门良莠不辨，
　倾财交友，该为人缺陷会被这帮饕餮之徒所乘，从而贪欲更盛。

泰门　　　谁在吹号？怎么回事？

仆人上

仆人　　　禀告大人，有一帮女士渴望求见。

泰门　　　一帮女士？她们意欲何为？

仆人　　　大人，跟她们一起来了一个信童，他会向您说明来意。

泰门　　　好吧，让她们进来。

丘比特率化装众舞女上，众舞女在其后

丘比特　　向您致意，尊贵的泰门，也祝福所有
　　　　　　莅临的嘉宾！人的五种感官
　　　　　　都能从您这里获得快慰，故悠然而来
　　　　　　以慰您慷慨心胸：
　　　　　　既然各位已饱口福，
　　　　　　下面请享受视觉的盛宴。

泰门　　　热情欢迎各位，请她们进来。
　　　　　　奏乐欢迎！（丘比特引众舞女上前）

贵族甲　　大人您看，您广受爱戴呀。

众舞女身着武士装上，手执诗琴，且舞且弹

艾帕曼特斯　嚯！舞姿翩翩，恍若幻境！
　　　　　　这是在跳舞吗？这群女子疯了。
　　　　　　这醉生梦死的生活也疯了，
　　　　　　疯得像将豪宴展示在饿殍面前。
　　　　　　我们寻欢作乐，至于疯疯傻傻，
　　　　　　不住地吹捧，连番地敬酒，
　　　　　　待到年颓运败，
　　　　　　再恶语交加，咒骂不休。
　　　　　　人生在世，谁未遭人诋毁，
　　　　　　谁未诋毁过他人？

谁在死后能逃过朋友的讥凌？

我害怕这些在我面前翩翩起舞的人，

总有一天，他们会将我践踏。往事历历犹可鉴，

最可恨墙倒众人推！

众贵族桌边起身，向泰门大献殷勤，各人物色好中意的舞女，然后男女共舞，双簧管高奏，数曲方止

泰门　　　美丽的女士们，你们为我们的欢愉锦上添花，

　　　　　　为我们的宴会增辉添彩，

　　　　　　倍加绚丽，光芒四射；

　　　　　　兴致盎然，尽善尽美；

　　　　　　奏我之曲，悦我之心，

　　　　　　我为此深表谢意。

舞女甲　　大人，您高抬我们了。

艾帕曼特斯　我敢肯定，她们那坏透了的地方太龌龊，不能抬得太高！

泰门　　　女士们，那边还有一张空桌，

　　　　　　请各位自便吧。

众舞女　　多谢大人！　　　　　　　　　　丘比特与众舞女下

泰门　　　弗莱维斯。

弗莱维斯　老爷，有何吩咐？

泰门　　　把小匣子拿给我。

弗莱维斯　是的，老爷。（旁白）又要把珠宝送人了！

　　　　　　他总是率性而为，

　　　　　　全不听我良言相劝，

　　　　　　等到家财散尽，他肯定负债累累，该当有那么一天。

　　　　　　可怜他慷慨时管前不顾后，

　　　　　　一味仗义疏财，倒弄得困顿乖舛。　　　　　　下

贵族甲　　仆从们何在？

仆从	老爷，小人等候在此。
贵族乙	备马。

弗莱维斯上，持珠宝匣

泰门	啊，朋友们，
	我有一句话要对你们说，
	（递过一颗取自珠宝匣的宝石）
	请务必给我赏脸，给此宝赏光，
	请收下吧，戴上吧，
	各位仁兄。
贵族甲	我已经多次蒙您厚赐了。
众贵族	我等都是如此。（泰门向众人递过宝石）

仆人甲上

仆人甲	老爷，几位元老院的大人
	刚刚到，要来拜访您。
泰门	好极了，欢迎啊！　　　　　　　　　仆人甲下
弗莱维斯	老爷，我想跟您说句话，
	对您至关紧要的话。
泰门	有什么要紧的？另找个时间再告诉我吧。
	做好准备，款待来访的大人们。
弗莱维斯	（旁白）真不知该怎么办！

仆人乙上

仆人乙	贺喜老爷，路歇斯大人出于至诚，
	赠您乳白色骏马四匹，
	鞍、镫、辔头等都是白银打就。
泰门	不胜感激！
	把马收下，好好饲养。　　　　　　　仆人乙下

仆人丙上

怎么，有什么事儿吗？

仆人丙　恭喜老爷，尊贵的路库勒斯大人邀请您明天一同狩猎，并
　　　　　送给您两对猎犬。

泰门　乐于奉陪，收下吧，
　　　　厚礼回赠。　　　　　　　　　　　　　　　　　　　　　仆人丙下

弗莱维斯　（旁白）这该如何是好？
　　　　　　他吩咐我们厚礼回赠，
　　　　　　怎知道早已钱囊空空：
　　　　　　他根本不清楚自己钱多钱少，
　　　　　　我也来不及告诉他家底已罄，
　　　　　　他已无力随心所欲仗义疏财。
　　　　　　他许诺的馈赠都无法兑现，
　　　　　　他所说的字字句句，都变成债务重重：
　　　　　　他慷慨的代价是连连的亏空，
　　　　　　他的田地早已典押干净。
　　　　　　唉，我宁愿现在被他解聘，
　　　　　　也强如日后被扫地出门。
　　　　　　他无朋可奉、无友可养会更幸福，
　　　　　　因为朋友的戕害会胜过仇敌。
　　　　　　为了我家老爷，我内心泣血。　　　　　　　　　　　　　下

泰门　（对众贵族）列位差矣，
　　　　列位无须谦让推辞，
　　　　收下吧，区区微物，不成敬意。（给贵族乙一礼物）

贵族乙　非常感谢，那么我就收下了。

贵族丙　啊，真是个慷慨之人！

泰门　（对贵族甲）现在我想起来了，大人，
　　　　您那天曾夸赞过我的红棕色坐骑，

	既然您喜欢，它就是您的了。
贵族甲	啊，不敢掠大人之美，还请大人原谅。
泰门	请听我一言，大人，
	若非真心喜欢，没人会倾情夸赞，
	朋友所钟，即刻奉送，
	我所说的都是真的，后会有期。
众贵族	啊，感佩之至！
泰门	欢迎列位来访，
	深情厚谊，铭记在心，无以为报；
	若我能君临天下，我也要将王国奉送给列位好友，
	决不吝惜。——艾西巴第斯，
	你是军旅之人，少有财富，
	今日奉赠，皆出自朋友之情，（递过一礼物？）
	因为你活着，就是为了疆场驰骋，
	死里求生。
艾西巴第斯	是的，在暗无天日的疆场，大人。
贵族甲	我等不胜景仰！
泰门	我也同样景仰您。
贵族乙	感激之至！
泰门	景仰列位。（呼唤）掌灯，把灯点亮一些。
贵族甲	泰门大人，祝您幸福之至
	荣华富贵，无与伦比！
泰门	随时与列位分享。　　　众贵族下，艾帕曼斯特与泰门留场
艾帕曼特斯	点头哈腰撅腚，
	真是乱七八糟！
	我怀疑，他们的双腿能否比得上
	今天所得的馈赠？友情已全部糜烂；

	我认为，心不善者人必奸，
	卑躬屈膝中，让实心眼儿的傻蛋倾家荡产。
泰门	艾帕曼特斯，你要是别恶声恶气，我会善待于你。
艾帕曼特斯	别，我不要你善待。如果我也受了你的贿赂，就没人骂你了，你就会更加罪孽深重。泰门，你老是到处舍财，我担心你不久就会立据卖身了。奢靡的豪宴，浮华的应酬，有什么用？
泰门	既然你开始诋毁我的朋友，那就恕我无礼了。
	再会吧，如果故态依旧，勿进此门。　　　　　　　　下
艾帕曼特斯	看看吧！
	现在不听我言，以后你就没机会听了。
	我为你锁上了天国之门。
	人呐，你们听不进逆耳忠言，
	却对谄媚之语来者不拒。　　　　　　　　　　　下

第二幕

第一场　／　第三景

雅典，某元老府第

一元老上，手执借据

元老　　最近又欠了五千：欠凡罗和艾西铎

各九千，加上以前的旧债，

共欠两万五千。目前依旧

挥霍无度吗？已经欲罢不能了。

如果我需要黄金，只需去偷一条乞丐的狗，

献给泰门，哇，这条狗就会变成金子给我。

如果我想卖掉一匹马，去买进二十匹

更好的马，哇，把那匹马给泰门就得了，

什么也不需说，把马给他，就会立刻为我繁殖出二十匹

宝马良驹出来。在他的门口，

没有一个门人不是脸绽笑容，

只要有人路过，就殷勤相请。

他已步履维艰，情形不妙。凯菲斯，哎！

凯菲斯，叫你呢！

凯菲斯上

凯菲斯　　来了，老爷，您有何吩咐？

元老　　穿好外衣，赶紧去找泰门大人。

让他务必把欠我的钱还清。不要被他

轻描淡写地驳回，不要因他一句

　　　　　　　"问候你家老爷"而诺诺尔尔，也不要

　　　　　　　因他的右手挥帽逐客而缄口唯唯。告诉他，

　　　　　　　他的借期已过，催他速速还钱。

　　　　　　　我急需用他借我的那笔钱顶账，

　　　　　　　他欠债不还，已败坏了我的信用。

　　　　　　　我虽对他情深意重，

　　　　　　　但不可能为治疗他的手指，而去打断我的脊梁。

　　　　　　　我催要甚急，

　　　　　　　必须速速还钱，

　　　　　　　不得虚言应付。你去吧，

　　　　　　　带着疾言厉色的神气，

　　　　　　　告诉他情势急迫，我担心，

　　　　　　　别看现在泰门大人彩凤般光彩照人，

　　　　　　　当把借来的羽毛一根根拔掉，

　　　　　　　他将会变成一只光腚海鸥。去吧！

凯菲斯　　这就去，老爷。

元老　　　"这就去，老爷"？过来，带上这张借据，

　　　　　　　看清上面的还期。（递过借据）

凯菲斯　　好的，老爷。

元老　　　去吧。　　　　　　　　　　　　　　　同下

第二场 / 第四景

雅典，泰门府第外

管家弗莱维斯手执多张借据上

弗莱维斯　　无动于衷，无所顾忌，照样挥霍不止！

　　　　　　他既不知道如何维持家业，

　　　　　　也不停止他的挥金如土，

　　　　　　既不在乎家财已散尽，

　　　　　　也不在乎日后如何度日，

　　　　　　只是傻乎乎地一味友善。

　　　　　　怎么办？不受难，不听劝。

　　　　　　他打猎回来了，我必须向他剖心明言。

　　　　　　唉，唉，唉，唉！

凯菲斯上，遇见上台的艾西铎和凡罗之仆

凯菲斯　　晚上好，凡罗，你来讨债要钱吗？

凡罗之仆　你不也是来干这事儿吗？

凯菲斯　　是的。你呢，艾西铎？

艾西铎之仆　也是的。

凯菲斯　　但愿我们不会空手而回。

凡罗之仆　恐难如愿。

凯菲斯　　泰门大人出来了。

泰门及包括艾西巴第斯在内的其他贵族上

泰门　　　吃过饭后，我们再去打猎，

　　　　　　我的艾西巴第斯。——（对凯菲斯）找我吗？什么事？

凯菲斯　　大人，这里有您的几张借据。（递过一借据）

泰门	借据？你是从哪里来的？
凯菲斯	我是雅典本地人，大人。
泰门	和我的管家说吧。
凯菲斯	求您了大人，
	他让我这个月晚些天再来，
	我家老爷急需用钱，
	恳求大人设法通融，
	秉持宽厚待人的往例
	立刻把这笔债务偿清。
泰门	我的好朋友，
	请明天来好吗？
凯菲斯	不行的，行行好吧，大人。
泰门	好吧，好朋友。
凡罗之仆	大人，我是凡罗大人的仆人。
艾西铎之仆	我是艾西铎大人的仆人。
	我家主人恳请您速速还债。
凯菲斯	大人，我已告知您了，我家主人亟需……
凡罗之仆	大人，您借的这笔债务已经超期六周了。
艾西铎之仆	大人呐，您的管家总是推三阻四，
	我家主人火速派我向您当面催讨。
泰门	请稍等一下。
	（对众贵族）列位大人，请先行一步，
	我马上就来奉陪。 〔艾西巴第斯及其他贵族下
	（对弗莱维斯）请到这边来，
	这究竟是怎么回事？
	一帮人拿着过期的借据
	一窝蜂地向我逼债，

　　　　　　　我颜面何存？

弗莱维斯　　（对众仆人）劳驾各位先生，

　　　　　　　现在谈论此事有点不合时宜，

　　　　　　　请各位稍安毋躁，待用餐之后，

　　　　　　　我让我家老爷知晓

　　　　　　　为什么没有还各位的债款。

泰门　　　　（对众仆人）就这么办吧，我的朋友们。——

　　　　　　　（对弗莱维斯）好好款待他们。　　　　　　　下

弗莱维斯　　请跟我来。（众仆人起身跟随）　　　　　下

艾帕曼特斯与傻子上

凯菲斯　　　且慢，且慢，那个傻子跟着艾帕曼特斯过来了，

　　　　　　　我们去取笑他们一下。

凡罗之仆　　让他见鬼去吧，他会骂我们的。

艾西铎之仆　狗东西，不得好死！

凡罗之仆　　你好吗，傻蛋？

艾帕曼特斯　你在跟你的影子讲话吗？

凡罗之仆　　我不是跟你说话。

艾帕曼特斯　是吗？那你是自说自话喽。——（对傻子）去吧。

艾西铎之仆　傻子一直在你背后出出进进吧。[1]

艾帕曼特斯　非也。你这小恶棍，想对傻瓜戳戳点点呢！

凯菲斯　　　傻瓜在哪里？

艾帕曼特斯　问者便是。你们这帮奴才，

　　　　　　　真是下三烂的杂种、富人和穷汉之间的皮条客！

众仆人　　　艾帕曼特斯，你说我们是什么东西？

艾帕曼特斯　是蠢驴。

1　原文 hangs on your back 是双关语，含有猥亵之意。

众仆人	为什么呢?
艾帕曼特斯	你们不知自己是什么东西,却来问我。
	傻子,跟他们说说。
傻子	好吗,先生们?
众仆人	多谢了,可爱的傻蛋。你的女主人好吗?
傻子	她正用她那热乎乎的水,等着给你们淫邪无比的小鸡净毛呢。[1] 你们这帮淫邪之徒!
艾帕曼特斯	说的好!多谢!

侍童上

傻子	你们看呐,我女主人的侍童来了。
侍童	(对傻子)你好呀,将军阁下?你跟这帮聪明人在一起做什么?——你好吗,艾帕曼特斯?
艾帕曼特斯	我真想从嘴里吐出一根棍子来,把你好好打一顿。
侍童	(递过信)求您了,艾帕曼特斯,请帮我读一下这些信封上的字,我不知道哪一封该给谁。
艾帕曼特斯	你不识字吗?
侍童	不识。
艾帕曼特斯	目不识丁,不学无术,活着有啥用!这是写给泰门大人的,这是写给艾西巴第斯大人的。去吧,你生是私生子,死是下流胚!
侍童	你这狗娘养的,饿死你这狗杂种!不理你,走了。　　　　下
艾帕曼特斯	不听人劝,自找难看。
	傻蛋,我要跟你一起去见泰门大人。
傻子	你要把我留在那里吗?
艾帕曼特斯	要是泰门大人和他的管家都在家的话,你就留下,你们三

1　原文 scald,既可指"用开水净毛"之意,也可指"用汗蒸治疗性病"。

个傻瓜一同伺候这三位讨债鬼吧？（对众仆人）

众仆人	对呀，但愿他们伺候一下我们！
艾帕曼特斯	我也想侍奉一下各位，就像刽子手侍弄死刑犯。
傻子	你们仨是为主人要钱的吗？
众仆人	是的，傻瓜。
傻子	我觉得，每一个放贷的，都用傻瓜作仆人。我的女主人也放贷，我就是她的傻瓜蛋。人家向你们的主人借钱，来时伤心哀怨，去时欢乐开怀。但人家到我女主人家时，却是来时开怀欢乐，去时哀怨伤心。这是怎么回事？
凡罗之仆	这我倒知道一点。
艾帕曼特斯	说吧，好让我看清你淫荡无耻的嫖客嘴脸，我平时也没把你看成什么好鸟。
凡罗之仆	什么是嫖客，傻瓜？
傻子	嫖客就是穿得人模狗样的傻瓜，跟你一样。嫖客是变来变去的幽灵：有时像老爷，有时像律师；有时像不阴不阳、故弄玄虚的哲人 [1]，有时像横枪立马、跃跃欲试的武士；嫖客通常随意变形，从八十岁的老头，到十三岁的孩子，咋变咋像。嫖客过来了！
凡罗之仆	你不是真傻耶！
傻子	你也不是真聪明。我是面傻心不傻，你是聪明反被聪明误！
艾帕曼特斯	这倒像是我艾帕曼特斯说的。
众仆人	让开，让开，泰门大人来了。

---

1 该句的原文为 sometime like a philosopher with two stones more than's artificial one。stone 有 "睾丸"之意，而 philosopher's stone 又有点石成金之意。与下文的"武士"相对照，可知该 句语含双关：既有"阳痿"的隐含意义，又有"故弄玄虚"的变态之意。根据上下文的语境 意义，可将该句意译为"有时像不阴不阳、故弄玄虚的哲人"。

泰门与管家上

艾帕曼特斯　跟我来，傻蛋，过来。

傻子　亲哥蜜姐追不得，妇人女流随不得，哲人有时候倒是可追
　　　　可随的。
　　　　　　　　　　　　　　　　　　　　　艾帕曼特斯与傻子下

弗莱维斯　请各位不要走远，我有话马上跟各位说。　　众仆人下

泰门　我真是太惊诧了，

　　　　如果你事先向我把家底透露一下，

　　　　我会节省一下，

　　　　也不至于像现在这样捉襟见肘。

弗莱维斯　我一有空就说，

　　　　可您根本不听。

泰门　算了，算了，

　　　　也许你选的时候不对，

　　　　我不愿听你啰唆，只能叫你闭嘴。

　　　　你不能以此为借口，

　　　　将自己的过失推诿。

弗莱维斯　哎呀，我的好老爷呀，

　　　　我多次把账目给您过目，

　　　　您都是一扔，

　　　　只说相信我的忠诚，

　　　　当您收下一些区区薄礼，而吩咐我

　　　　重金酬谢时，我每每摇头垂泪；

　　　　是的，我曾多次向您犯颜恳求，

　　　　不要大手大脚，挥霍无度，

　　　　我的好老爷呀，每当我提醒您

　　　　财产败尽、债务成堆，

　　　　无不迎受您的训诫叱责。

虽然现在为时太晚，但我还是要实言相告，
您现在的全部财产，只能抵得上
您所欠债务的一半。

泰门 把我所有的地产卖掉抵债！

弗莱维斯 您的地产全部卖掉或抵押，
但依旧难以凑齐目前的债款。
更多的债务马上到期，
眼前的债款如何筹措，
日后的债务如何打算？

泰门 我的土地可是一直延伸到斯巴达呀。

弗莱维斯 我的好老爷，哪怕整个世界都是您的，
只需您一句话，马上就会送出去，
很快您就会两手空空。

泰门 你说的没错。

弗莱维斯 如果您疑心我管家不力，或中饱私囊，
请叫几个最精细之人前来，
将我的账目一一核对。神明作证，
当我们的厅堂挤满了
暴徒般的食客，当我们的酒窖里
泼泼洒洒酒浆满地，当每一个房间里
灯火通明、乐声嘈乱，
我一个人倚着倒空的酒桶，
涕泪横流。

泰门 求你别说了。

弗莱维斯 天哪！我曾说，好一个慷慨大方的老爷！
这一晚，这帮贱骨头和下三烂们吞掉了
多少山珍海味！谁不来混吃混喝？

谁的身家性命名望财产

不是拜泰门老爷所赐？

伟大的泰门，高贵的、贤德的、忠诚的泰门！

唉，为了几句谄媚，便将财物拱手相送，

当财物散尽时，谄媚之徒从此不再登门。

正是：有酒亲兄弟，席散是路人；

冬日风云起，飞蝇无处寻。

泰门 　得了，别说教了。

我心中想施的，绝非不义之财，

虽然所施非宜，但绝非卑下龌龊。

你为什么哭泣？难道你也糊涂了，

以为我会缺朋少友吗？放心好了，

只要我开口告借，便可验明信誓旦旦的交情；

只要我像魔术师一般敲敲友情的大桶，

便人财两旺，源源不绝，任我自由支配，

就像我对你说话，你不敢不听。

弗莱维斯 　但愿您的想法是对的！

泰门 　另外，我目前的困顿

未尝不是一件好事，因为我可以由此

验证我的朋友。你不知道

我的财富所在，我的财富就是朋友。

（呼唤）有人吗？弗莱米涅斯，塞维律斯！

三仆人上

众仆人 　来了，老爷！

泰门 　我有事要分派你们：（对塞维律斯）你去找路歇斯大人，

（对弗莱米涅斯）你，去找路库勒斯大人——

我今天还跟他一起打过猎呢——

（对仆人丙）你去找辛普洛涅斯。请代我向列位大人们致意，
就说我这段时间手头紧，请他们解囊相助，不胜感激。就
借五十泰伦吧。

弗莱米涅斯　听从您的吩咐，老爷。　　　　　　　　　　　　众仆人下
弗莱维斯　（旁白）路歇斯和路库勒斯大人？啊呸！
泰门　你到元老院去，

看在我为国效力的份上，

我也应该向他们提出此项要求，

让他们速借一千泰伦的钱给我。

弗莱维斯　我已经大着胆子，

用您的印章，以您的名义去申请过了，

我知道这是最寻常不过的方式，

但他们只是摇头，

我只好空手而归。

泰门　果真如此？怎么会呢？
弗莱维斯　他们的回答异口同声，

时下财政不振，国库空虚，

他们爱莫能助，深表歉意，

虽然您享有盛名，

但他们以为善人也会莫名逢灾受难，

衷心希望您渡过难关——真遗憾！

然后，都谎称另有要事，

神情冷淡，话语支吾，

待答不理，礼数不全，

让我身坠冰窟，哑口无言。

泰门　神明啊，惩罚他们吧！

嘿，伙计，别这么愁眉苦脸的。这帮老家伙

天生就是忘恩负义；

他们的血液冷酷瘀结，

他们为人不善，哪有热心肠？

他们心性晦暗，僵硬阴冷，

说明他们已经走上坟墓的旅程。

（对一仆人）去找文提狄斯。——（对弗莱维斯）请不要伤心了，

说实话，你忠心秉正，

不该对你横加指责。——（对仆人）文提狄斯最近

刚刚埋葬了他的父亲，他父亲死后，

他继承了一大笔遗产。当年他穷困潦倒时，

锒铛入狱，举目无亲，

是我花了五个泰伦把他赎出。代我问候于他，

告诉他，我亟需用钱，

务必让他记得

当年的那五个泰伦。——　　　　　　　　　　　　仆人下

（对弗莱维斯）拿到那笔钱后，立刻归还

那些债务到期的家伙们。什么也别说，什么也别想，

有钱送朋友，无钱朋友帮。

弗莱维斯　此事不能想，一想恸断肠。

送钱朋友喜，借钱朋友慌[1]！　　　　　　　　　　众人下

1　该句的原文为 Being free itself, it thinks all others so. 意思是泰门自己对别人慷慨大方，他认为别人也对他慷慨大方，其实不然。因为该句与上句是韵文，所以为前后照应，将这句意译为："送钱朋友喜，借钱朋友慌。"

第三幕

雅典，路库勒斯府第

弗莱米涅斯上，等候回话，一仆人上

仆人　　　　我已经告诉我家老爷了，他一会儿就下来见你。

弗莱米涅斯　谢谢你，先生。

路库勒斯上

仆人　　　　我家老爷来了。

路库勒斯　（旁白）泰门大人的仆人？是送礼的，我敢肯定。哈，没错！我昨晚梦见了银盆银罐。——弗莱米涅斯，忠厚老实的弗莱米涅斯，非常欢迎你。——（对仆人）给我把酒满上，我要一表敬意。——
　　　　　　　那位名声显赫、品行圆满、豁达大方的雅典绅士——你那慷慨尊贵的主人泰门——他好吗？　　　　　　仆人下

弗莱米涅斯　他身体很好，先生。

路库勒斯　听说他身体好，我真为他高兴。能干的弗莱米涅斯，你的外套下面是什么？

弗莱米涅斯　老实说，不过是一个空箱子，先生。我家老爷遇到急事，亟需五十泰伦，受我家老爷所托，特来恳求大人解囊相助。您定能够帮忙救急，他对此确信无疑，故让我拿此箱来装钱。

路库勒斯　啊，啊，啊，啊！他说"确信无疑"了吗？哎呀，天哪！他尊贵温良，就是挥霍铺张。我每次跟他共进午餐，经常为此事向他规劝；到与他用晚饭时，还打算再劝他用度节

俭。但他总是不听我劝，置若罔闻。是人就有错，他的错
就是慷慨待人。我多次劝勉，可他就是不改。

仆人持酒上

仆人　　　　　老爷，酒来了。

路库勒斯　　　弗莱米涅斯，我知道你是个聪明人，敬你一杯。（敬酒）

弗莱米涅斯　　大人过奖了！

路库勒斯　　　据我观察，你是老实能干之人，实实在在地说，你是明白
事理之人，假以时日，你会乘机而起。你是才干非凡之
人。——（对仆人）你退下吧。——　　　　　　　仆人下
过来，诚实的弗莱米涅斯，你家老爷是一位慷慨的绅士，
但你是一个明智之人，你很清楚，虽然你来了，但时下我
不能把钱外借，特别是借给朋友，光有友谊是靠不住的。
送给你三个硬币，好伙计，你就视而不见，就说没看见我。
（递过钱）再会。

弗莱米涅斯　　人情冷暖，世事无常，
真是说变就变，怎么会这样？去你的，该死的下三烂，
谁喜欢你，你就找谁去！（将钱扔回）

路库勒斯　　　哈？现在我才看出来，你也是一个傻瓜耶，跟你家主人正
般配！　　　　　　　　　　　　　　　　　　　　　　下

弗莱米涅斯　　愿你在下地狱的时候，
你的钱币全部熔化，灌入你腹中。
你这个损友，无情无义！
难道友情也像奶水，
过不了两夜就变酸吗？啊，神灵呐，
我感受到了我家主人的激愤！蒙我主人高谊，
你这个贱奴的肚肠中，装满了我主人家的肉。
你吃得油光满面，

却变得如此恶毒，

啊，祈求病魔不要放过你！

当你病死的时候，但愿你吃的那些肉

在体内腐烂发臭，生出毒素，

让你不得好死。 下

第二场 / 第六景

雅典广场

路歇斯与三个过路人上

路歇斯 谁，泰门大人？他是我的挚友，也是高贵的绅士。

过路人甲 虽然我们与他没什么交情，但我们对他的了解丝毫不亚于您。我要告诉您一件事，大人，这是我听来的谣传：现在泰门大人已经好运到头，家产败光。

路歇斯 嘻，别，别信。他不会缺钱的。

过路人乙 但是，您信不信有这样的事：不久前，他的一个仆人去找路库勒斯大人，要借一笔钱，说是家有要事，十万火急，结果还是遭拒。

路歇斯 啊？

过路人乙 我再说一遍，就是不借，大人。

路歇斯 真是咄咄怪事！神灵在上，我为此感到耻辱。竟然拒绝这位贤德之士！由此可见，这真是不仁不义。就我而言，我必须承认我也受过他的小恩小惠，比如金钱呐，银盘呐，珠

宝呐，等等诸如此类的小东西，与给他的相比，肯定微不
足道。如果他出了什么差错，派人来向我借这么一笔钱，
我绝对不会不借给他的。

塞维律斯上

塞维律斯　（旁白）看，太巧了，大人在这里；

为了找他，我正跑得满身流汗呢！——

（对路歇斯）我可敬的大人！——

路歇斯　塞维律斯，遇到你真是太好了！再会吧，代我向您的尊贵
贤德的主人——我的至交密友——泰门大人致意。

塞维律斯　大人请留步。我家老爷派我来送给您——

路歇斯　啊？他派你来送什么？我非常仰慕你家大人，他总是把东
西送人。你认为我该怎样酬谢他呢？这次他派你来送给我
什么东西？

塞维律斯　（呈上一借条）送给您一个借条，大人，我家大人目前缺钱
急用，请大人您借给他若干泰伦的钱。

路歇斯　我知道这位大人不过和我开玩笑：

他不会缺钱的，（读借条）他要借五十——五百泰伦！

塞维律斯　但是眼下他不借这么多，大人。

如果他不是把家产慷慨送尽，以至于债台高筑，

我是不会向您苦苦相求的。

路歇斯　你说的是真的吗，塞维律斯？

塞维律斯　天地良心，句句是真，先生。

路歇斯　我真是一头孽畜恶兽，这么好的一个展示我贤德的良机，
竟然错过了！我前天刚买了一个小物件，这让我丧失了仗
义相助的机会，真是不幸得很！塞维律斯，以神灵起誓，
我爱莫能助了，我真是畜牲不如！我自己还想叫人找泰门
大人借几个钱用呢！这几位先生可以作证。但是，纵然泰

门大人富可敌国，我真是难为情，要不现在早就去借了。
代我向慷慨贤良的泰门大人致意，望他见谅，我真是力不
从心，爱莫能助。请转告泰门大人，我未能帮这样一位尊
贵的绅士消厄解困，这是我此生最大的憾事。好心的塞维
律斯，能否劳驾你，把我的原话向他转达？

塞维律斯	好的，先生，我会说的。	塞维律斯下
路歇斯	（在他身后呼喊）我会好好报答你的，塞维律斯！——	
	你们说的没错，泰门果然倾家荡产，	
	一旦告借无门，他注定要厄运连连。	下
过路人甲	你看见了没有，霍斯提律斯？	
过路人乙	啊，再明白不过了！	
过路人甲	哇，这就是人世的本相，每一个谄媚者	

都是一路货色，谁能把同盘而食者
称为朋友？[1] 因为，据我所知，
泰门像养儿子一样养着这位老爷，
出钱替他还债，
捐资为他置产，
甚至为他的奴仆们偿付工钱，他没有一次饮酒
不把泰门家的银杯贴紧他的嘴唇。
但是，咳，看看这个丧尽天良的人渣！
看看这副忘恩负义的嘴脸！
以他的家底，借出这些钱等同于善人施舍乞丐，
而他却一口回绝。

过路人丙　苍天为之一哭，神人为之共愤！

1　典故来自马太福音（26:23）耶稣受难前在最后的晚餐上语："同我在盘子里蘸手而食的人要出
　卖我。"

过路人甲 就我个人而言，
我此生从未与泰门相交，
他也未把我当成是他的朋友
而施恩于我，但是，我声明，
为了他高贵的良心、出众的美德、
和诚实的善行，
如果他要我救急解难，
我愿变卖我所有的资财，
把大半归他所用。
我对他深为敬重，但我知道，
现在人们必须学会放弃怜悯，
先权衡利害，再讲求良心。 众人下

第三场 / 第七景

雅典，辛普洛涅斯府第

仆人丙与辛普洛涅斯（泰门的另一损友）上

辛普洛涅斯 难道他一定要烦我吗？嗯？他怎么不找别人？
他可以先找一下路歇斯和路库勒斯大人，
文提狄斯现在也很有钱，
当年是泰门把他从监狱中救出；所有这些人的财产，
都是承蒙泰门捐助所得。

仆人 大人，

已经派人去试过他们了，全都翻脸无情，

拒绝借钱。

辛普洛涅斯 怎么？他们都拒绝借给他钱？

连文提狄斯和路库勒斯也不借，

然后他才派你来找我？找了三个才想起我？哼！

看起来他对我情谊淡薄，知遇不深。

我非得是他最后依仗的吗？

那三个靠他发迹的朋友，就像医生

放弃为他治病，难道我必须让他起死回生？

他在此事上让我颜面尽失：我对他很生气，

他早就该清楚我的位置。我不明白，

他有难处为什么不先向我求助？

因为，平心而论，

我是首个接受他礼物的人；

他想起我的时候，把我排得如此靠后，

难道我是最后的报答他的人吗？不！

我注定会成为别人的笑料，

被认为是一个贵族中的傻瓜。

如果他是先来找我，凭我对他的交情，

我宁愿借他三倍于此的数目，

只要对他好，我义无反顾。但是，现在你请回吧，

在他们的漠然回复之后，再加一句话：

对羞辱我的人，决不借钱给他！ 下

仆人 精彩！好一个大人，竟是如此小人！魔鬼当初把人弄得奸

险狡诈，他真不知自己在干啥；我只能这样想：他失算了，

他让人奸诈无比，倒显得自己消孽去邪，鬼不像鬼，魔不

成魔。这位大人冠冕堂皇，却亟于表现得如此肮脏！外示

贤德，内存邪恶，如同狂热的极端教徒，将整个世界抛入
水深火热。他那奸险的友爱，与此同出一辙。
我家老爷对其寄予厚望，现在一切泡汤，
唯有祈求神灵。看吧，众友皆亡！
因多年慷慨施舍
而从不上锁的大门，
现在该关起来保护其主人了。正是：
挥霍无度，极尽浮华；
财尽友亡，困守其家。 下

第四场 / 第八景

雅典，泰门府第
所有讨债者等待泰门出场：凡罗之仆先上，路歇斯之仆、泰特斯与霍坦歇斯后上

凡罗之仆甲 幸会！早上好，泰特斯和霍坦歇斯。

泰特斯 幸会，凡罗仁兄。

霍坦歇斯 路歇斯，哇，我们又碰面了？

路歇斯之仆 对，我想我们都来干同一件事，
我是为了要钱。

泰特斯 他们都是，我们也是。

菲洛特斯上

路歇斯之仆 菲洛特斯先生也来了！

菲洛特斯 各位好。

路歇斯之仆	欢迎你，仁兄。
	现在是什么时候了？
菲洛特斯	快九点了。
路歇斯之仆	这么晚了？
菲洛特斯	还没见到大人吗？
路歇斯之仆	还没呢。
菲洛特斯	不对呀，他是惯于七点起床的呀。
路歇斯之仆	对他来说，现在白天变短了：
	你必须这样考虑，浪荡子的生活轨迹
	也像太阳一样，过午则偏，
	但再也不会旭日东升。我担心
	泰门大人的钱囊内正是严冬寥落，我是说，
	不管怎么抠，都会一无所获。
菲洛特斯	我也担心这个。
泰特斯	我说一件咄咄怪事，
	你家主人现在派你来要钱吗？
霍坦歇斯	是的，很对。
泰特斯	他现在佩戴的宝石，就是泰门给的礼物，
	却反过来向泰门要钱。
霍坦歇斯	这有悖于我的良心。
路歇斯之仆	看看，这事多奇怪：
	泰门所付的，要比他所欠的多得多，
	正像你家主人戴着泰门送的无价珠宝，
	再向泰门讨要珠宝的钱。
霍坦歇斯	神灵作证，我讨厌干这样的勾当，
	我知道我家主人花费着泰门的财富，
	现在却来催债讨钱，真真忘恩负义，比窃贼更可恶！

凡罗之仆甲　是的，我来向他讨三千克朗，你呢？

路歇斯之仆　我的是五千克朗。

凡罗之仆甲　比我多好多。从债务的数目上看，

　　　　　　　似乎你家主人比我家主人更得泰门的信任，

　　　　　　　否则他们的金额会是一样的。

弗莱米涅斯上

泰特斯　　　泰门大人的仆人出来了。

路歇斯之仆　弗莱米涅斯！先生，问一句话：泰门大人准备出来了吗？

弗莱米涅斯　不，没呢。

泰特斯　　　我们都在等候，恳请通报一下。

弗莱米涅斯　不需要通报，他知道你们会来的。　　　　　　　　　　下

管家弗莱维斯长袍遮面上

路歇斯之仆　啊？那个遮着脸的不是管家吗？

　　　　　　　他想蒙混出去，叫住他，叫住他。

泰特斯　　　听见了吗，管家先生？

凡罗之仆乙　请留步，先生。

弗莱维斯　　喊我有什么事，先生？

泰特斯　　　我们在这里等着要债，先生。

弗莱维斯　　唉，

　　　　　　　如果你们能在这里等来钱，

　　　　　　　那就不愁没钱了。

　　　　　　　你们的混蛋主人们吃着我家主人的酒肉时，

　　　　　　　你们怎么不把债券账单拿出来？

　　　　　　　那时候他们只是一味谄笑，闭口不提债务之事，

　　　　　　　把大口的酒肉当作利息，填入了他们的粪窟沟壑。

　　　　　　　你们跟我过不去就是自讨没趣，

　　　　　　　乖乖让我过去。

相信我，我家主人和我的关系已经终结；
我已无账可算，他也无钱可花。

路歇斯之仆 啊，但你这样搪塞是不行的。

弗莱维斯 就是不行，也不像你们那样下作，
因为你们服侍的是恶棍强梁。　　　　　　　　　　下

凡罗之仆甲 哦？这位被解雇了的牢骚些什么？

凡罗之仆乙 管他呢！这个可怜虫完了，真解气！上无片瓦的人，能不
说东道西？见了高楼大厦也会咆哮詈骂的。

塞维律斯上

泰特斯 噢！塞维律斯来了，现在我们要讨个说法了。

塞维律斯 先生们，我恳求各位，如果各位改日再来，我将不胜感激。
说句掏心实话：我家老爷肝火正旺，大发脾气，且身体欠
佳，卧床不起。

路歇斯之仆 好多人卧床不起，不是因为有病，
如果他现在已经犯病，
那就应更快把债务还清，
方能无牵无挂，一命归天。

塞维律斯 老天呐！

泰特斯 休想拿这些话打发我们，老兄。

弗莱米涅斯 （幕内）塞维律斯，快来呀！老爷，老爷！

泰门怒气冲冲上

泰门 怎么？我自家的门都不能走吗？
我曾是洒脱不羁的，难道我的房子
要变成拘押我的仇敌？我的牢狱？
这是我设宴奉友的地方，难道现在
一如炎凉世态，向我显示铁石心肠？

路歇斯之仆 呈上吧，泰特斯。

泰特斯	大人，这是我的借据。
路歇斯之仆	这是我的。
霍坦歇斯	这是我的，大人。
凡罗之仆甲与乙	这是我们的，大人。
菲洛特斯	我们的都在这里呢。
泰门	用借据[1]把我打倒，让我开膛破肚！
路歇斯之仆	哎呀，大人！
泰门	报上我亏欠你们的债额，哪怕让我撕心裂肺。
泰特斯	我，五十泰伦。
泰门	说吧，哪怕我鲜血崩流。
路歇斯之仆	五千克朗，大人。
泰门	那是我的五千滴血！你的是多少？还有你的？
凡罗之仆甲	大人——
凡罗之仆乙	大人——
泰门	把我撕碎，拿走吧，你们这帮遭天杀的！　　　　泰门下
霍坦歇斯	说实话，我知道我们的主人只能干瞪眼，讨不到钱了：因为，债成死债了，欠债的疯了。　　　　众人下

1　bill 除有"借据"之意外，也有"长柄武器"之意。

第五场 / 景同前

泰门府第内

泰门与弗莱维斯上

泰门　　　　他们逼得我喘不过气来了，这帮狗奴才。

　　　　　　这哪是讨债鬼？简直是催命魔！

弗莱维斯　我亲爱的老爷——

泰门　　　　这样如何？

弗莱维斯　老爷——

泰门　　　　就这么办，管家！

弗莱维斯　在，老爷。

泰门　　　　这样是不是很方便？去，再把我所有的朋友请来，

　　　　　　路歇斯、路库勒斯、辛普洛涅斯——所有的流氓淫棍，所有的。

　　　　　　我要再宴请一次这帮坏蛋。

弗莱维斯　啊，老爷，

　　　　　　您心神烦乱，言不由衷，

　　　　　　已经没剩多少钱来备办

　　　　　　一次便宴了。

泰门　　　　这不劳你操心，去吧。

　　　　　　我命你把他们全请来，再让这帮恶棍

　　　　　　蜂拥而进，我和厨师自会招待他们。　　　　　　　同下

第六场　　/　　第九景

雅典，元老院

三元老上，艾西巴第斯及众侍从在一门口迎接

元老甲　　大人，我赞同您说的。

　　　　　　他罪不容赦，必须血债血偿。

　　　　　　怜悯足以将罪孽姑息纵容。

元老乙　　对极了，必须按律惩处。

艾西巴第斯　（上前）愿各位元老健康荣达，仁慈宽厚！

元老甲　　你好，将军。

艾西巴第斯　我谦卑地向贤明的大人们请求；

　　　　　　因为怜悯是法律的美德，

　　　　　　只有暴君才会以法施虐。

　　　　　　因时运不佳，我的一个朋友

　　　　　　遭逢困厄，因一时激愤，

　　　　　　坠入法网，虽无意而为，

　　　　　　但陷足其中，牵涉甚深。

　　　　　　其命运好歹姑且不论，

　　　　　　其人品行端方，

　　　　　　敢作敢为——

　　　　　　仅此一点，足以抵消罪过——

　　　　　　眼见他名誉受到致命毁损，

　　　　　　他才出于义愤，光明磊落

　　　　　　挺身对敌，

　　　　　　即便在打斗中，

他也意态沉静，不愠不火，

如同在进行一场是非辩驳。

元老甲　你不要强词狡辩，

把一桩丑事说成善行；

你摇唇鼓舌，

将取人性命说得合情合理，

把行凶斗狠说成英勇无畏，

这是一种误入歧途的血气之勇，

是蝇营狗苟、结党营私的产物。

真正的勇者，当智慧明达，

忍人所不能忍，

置冤屈于度外；

视毁辱如衣服，穿脱随意，

觑仇怨若无物，去留无心。

如此可消灾弥祸。

如果我们受辱入魔，逞强杀人，

再因杀人而抵命，岂非太愚蠢？

艾西巴第斯　大人——

元老甲　你不能将大罪化小，

勇敢不在报复，而在忍耐。

艾西巴第斯　那么列位大人，蒙您许可，请听我陈词。

如果我说话粗鲁少礼，恳请见谅。

为什么蠢人愚夫甘愿舍命死战，

而不愿临危束手？难道要酣然睡去，

任凭敌人悄然割断他们的咽喉

而不加反抗？如果勇敢在于忍耐，

那我们为何要征战四方？

若说勇敢在于承受，那么
闺内的女人更能承受男人的雄壮。
如果说逆来顺受就是明智，
那么驴子更应当统率雄狮，
锒铛入狱的囚犯则胜过法官。
啊，大人呐，你等位高权重，当体恤下情，
残暴冷血谁人不恨？
我知道行凶杀人罪不容恕，
但正当防卫而致人非命，应法外开恩。
人生气，祸患至，
但世间谁人不生气？
还是将案情再三斟酌为佳。

元老乙　　　你说这些没用。

艾西巴第斯　没用？他在拉刻代蒙
　　　　　　和拜占庭[1]两地的功勋，
　　　　　　足以赎其一命。

元老甲　　　什么？

艾西巴第斯　啊，我是说，大人，他战功赫赫，
　　　　　　在疆场上杀敌甚多：
　　　　　　在最近的一次战斗中，
　　　　　　他英勇无畏，斩获甚丰！

元老乙　　　他杀人如麻，
　　　　　　好乱成性，惯于寻衅滋事；
　　　　　　他时常贪杯烂醉，斗志泯灭。

1　拉刻代蒙（Lacedaemon）：斯巴达（Sparta）别称，希腊南部城市；拜占庭（Byzantium）：
　　伊斯坦布尔（Istanbul），土耳其城市。

即便没有敌人，仅酗酒一项

就会将他置于死地。

闻人言，他在大发酒疯时，

往往无恶不作，闹得鸡犬不宁，天昏地暗；

如此酗酒闹事，绝无好下场。

元老甲　他的下场就是死。

艾西巴第斯　苦命的人！他本该战死。

大人呐，且不说他的端方品行

他的战功足以抵罪，

让他尽其天年，但若还嫌不够，

就把我的功劳也算他的，加在里面。

因为我知道，

列位大人年事已高，喜欢稳妥，

我拿我所有的功勋和荣誉抵押，

确保他绝不辜负大人的厚恩。

如果他杀人获罪，按律抵命，

啊，倒不如让他战死疆场，

苛法无情，战争也是一样。

元老甲　我等秉公执法，他必死无疑。休得啰唆，

当心招来雷霆震怒。不管是你的朋友，还是兄弟，

他杀了人，就必须偿命。

艾西巴第斯　必须如此吗？一定不要！

大人们呐，我求你们，想想我是谁。

元老乙　啊？

艾西巴第斯　你们想想我是谁！

元老丙　你是谁？

艾西巴第斯　我只能以为你们年高健忘，忘了我是谁，

否则我不至于此，跟寻常的人一样低声下气地求情，
反遭你们拒绝。对你们这类人，
我肝胆将裂，创伤欲进！

元老甲　　你竟敢在此撒野！惹恼了我们，
只需寥寥数语，足让你死去活来，
你被永久驱逐。

艾西巴第斯　驱逐我？
驱逐你们的愚钝吧！驱逐让元老院臭名远扬
放高利贷的巨贪吧！

元老甲　　如果两天后你还在雅典，
你会被从重判处。而且，为消我等愤恨，
你那位朋友将被立即处死。　　　　　　　众元老下

艾西巴第斯　愿神灵让你们苟延残喘，只剩下
一把骨头，没人瞧，没人瞅！
我气疯欲死：我为他们阻敌在外，
他们却图钱放贷，
牟取高利，而我
只落得创伤累累。
出生入死，换得驱逐的酬报？
这就是放贷敛财的元老院对受伤将士的慰劳？
驱逐！来得好！我巴不得被驱逐，
这足可以作为我盛怒的借口，
挥师进击雅典。我将去激励
心怀不满的部队，以求万众一心。
挽刀戈，掠城池，成将帅之功名，
报睚眦，赛神魔，显兵卒之本性。　　　　　　　　下

第七场 / 第十景

雅典，泰门府第

众贵族与元老从不同门上

贵族甲 你好，先生。

贵族乙 你好。我认为，在那天，这位可敬的大人不过在试探我们。

贵族甲 上次见面时我也是这么想的，我希望他没有穷到那次仿佛
试探朋友们时的样子。

贵族乙 从他这次重新设宴、招朋会友来看，事不至此。

贵族甲 我也这么想，他竭诚相邀，盛情难却，我虽然事多，也不
得不拨冗而来。

贵族乙 我也同样是杂务缠身，但不容我推托。上次他向我借贷，
我刚好手头没钱，抱歉得很。

贵族甲 当我知道了这一切，也是伤心欲绝。

贵族乙 这儿人人都有同感。他要向你借多少？

贵族甲 一千块。

贵族乙 一千块？

贵族甲 向你借多少？

贵族乙 他派人去向我借，——啊，先生，他来了。

泰门及众侍从上

泰门 竭诚欢迎两位先生光临！近来好吗？

贵族甲 得知大人您一切皆好，我们就再好不过了。

贵族乙 群燕追随夏日之热切，不如我等追随大人之真诚！

泰门 （旁白）你们离开我，也比燕子躲避冬天更快。这帮趋炎附
势的鸟人！——先生们，筵席正在准备，不劳列位久候，

请先听一会儿音乐，一饱耳福，如果列位的耳朵能忍受着喧闹嘈杂之声，我们将即刻入席开宴。

贵族甲 让您的人空手而返，望您不要介怀。

泰门 啊，先生，无须为此自责。

贵族乙 我尊贵的大人——

泰门 啊，我的好朋友，你好！

筵席摆上台

贵族乙 我最最尊贵的大人，那天您派人向我借钱时，我不幸贫穷如丐。想及此事，羞愧难当！

泰门 别放在心上，先生。

贵族乙 如果您早两个小时派人去借的话——

泰门 不要再为这事想三想四了。——

（对端盖盘仆人）来，全端上来。

贵族乙 全是盖盘！

贵族甲 极品佳肴，我敢保证！

贵族丙 毫无疑问，必是重金购得的时鲜。

贵族甲 你好吗？有什么新闻没有？

贵族丙 艾西巴第斯被逐出境了。你听说了吗？

贵族甲与乙 艾西巴第斯被逐出境？

贵族丙 是的，千真万确。

贵族甲 怎么回事？怎么回事？

贵族乙 请你说说前因后果。

泰门 我的至交好友们，大家过来吧。

贵族丙 盛宴开始了，等会儿我再细说。

贵族乙 泰门依然如故。

贵族丙 这样能维持下去吗？能维持吗？

贵族乙 在维持着呢。但假以时日——那可就——

贵族丙	明白了。
泰门	怀着求吻情人香唇的热切，请各就各位吧，所有的食物都是一样的。无须郑重其事，你推我让，致使螽肉生凉。坐吧，坐吧！（众人坐下）先让我们祝谢神明。伟大的、乐善好施的神明啊，请把感恩之情甘露般洒向席间。您的赐予，让我等赞美不已。但恩赐也要有所保留，一旦恩赐殆尽，神明也会遭人冷遇。借钱给人，数额不要过多，以免他再转借他人，从而陡起贪心。因为，神若向人告借，必将遭人所弃。让人们喜欢肉，胜过喜欢赠肉之人。让二十个结伙的男人，变成十对恶棍；如果桌边坐着十二个女人，就还一打清白之身，不要为难她们。啊，神明呐！其他逆神悖理之辈——雅典的元老们，外加乌合之众、宵小之徒——就按罪灭顶吧。对于在座的朋友，与我毫不相干，所以无需祝福他们，也没有什么可款待的。——揭开盖子，狗贼们，舔吧！（开盖后盘中皆温水与石块）
某些贵族	大人这是何意？
其他贵族	不知道啊。
泰门	你们再也见不到比这更好的筵席， 你们这群耍嘴皮子的朋友。你们只配闻热气、喝白水。 这是泰门的最后一次宴会， 你们的奉承谄媚弄得他眼花缭乱， 他要清洗干净，再将脏水泼到你们的脸上。 （向众人泼水）你们这帮臭狗贼，愿你们苟活日久，长背骂名， 你们这帮满面谄笑、油猾奸邪、面目可憎的寄生虫， 你们这帮败人家财的伪君子、狼心狗肺的马屁精， 你们这帮唯利是图的蠢才、假仁假义的损友、附炎趋势的粪蝇， 你们这帮卑躬屈膝的贱奴、不值一钱的破烂、仰人鼻息的下流胚！

愿人类的恶疾和畜牲的杂症

都在你们体内肆意侵染，无休无止！（一贵族起身欲走）——

怎么，你要走吗？

等一会，先带上你的药。（向众贵族扔石块）——你也带上，还有你。

别走，我不向你们借钱，而是会借钱给你们。

众贵族下，弃衣帽

怎么，都要走？从今之后，

捉弄恶棍的宴席就再也没有了。

烧了吧，房屋！沉沦吧，雅典！从今往后，

泰门将痛恨所有的人类！　　　　　　　　　　　　　　　　下

元老及众贵族上

贵族甲　现在如何了，大人们？

贵族乙　你知道泰门大人暴怒的本由吗？

贵族丙　嘘！你看见我的帽子了吗？

贵族丁　我的袍子也不见了。

贵族甲　他任意胡为，一个疯子而已。他前天给我一块宝石，现在又把
　　　　　这块宝石从我帽子上打下来了，你们看见我的宝石了吗？

　　　　　（众贵族搜寻）

贵族丙　你们看见我的帽子了吗？

贵族乙　在这里。

贵族丁　我的袍子在这里。

贵族甲　我们别在这里了，走吧。

贵族乙　泰门大人疯了。

贵族丙　确定无疑。

贵族丁　他昨天给我们送宝石，今天向我们扔碎石。

众元老与贵族下

第四幕

第一场 / 第十一景

雅典城外

泰门上

泰门 让我回头看看你，啊，
庇护着群狼的城墙啊，沉入地下吧，
不要再为雅典充当屏障！妇人们，放荡吧！
逆子们，犯上吧！奴隶和傻瓜们，
把道貌岸然的颓废元老们拉下来，
取而代之吧！
贞洁的少女们，沦为娼妓，
在父母面前恣意淫亵吧！破产的人们，
握紧钱袋，赖账不还，拔出利刃，
砍向债主的喉管吧！用人们，偷盗吧！
你们那道貌岸然的主人才是强梁大盗，
依照法律强取豪夺。使女，睡到主人的床上吧，
你的主母正跟嫖客快乐逍遥！二八少年郎，
从你老态龙钟的父亲手中，夺下他的拐棍，
敲出他的脑浆吧！虔诚与敬畏、
宗教与和平、公正与真实、
齐家之法、夫妻之礼、邻里之道、
教育与规范、手艺与商贸、
等级与礼仪、习俗与法律，

全部陷入混乱吧：一塌糊涂，

乱七八糟！可怕的瘟疫，

把热毒传遍雅典吧，

一旦发作，死者狼藉！僵冷的风瘫，

光顾衰朽昏聩的元老们吧，

令其半身不遂，肢体颓废。邪淫和放纵，

钻入我们青年的心灵吧，

让他们道德沦丧，

沉溺淫乱而无法自拔！

让恶癣和毒疮长满雅典人的胸脯！

全身流遍麻风的血脓！喘息之间遽而染病！

让他们的日常交往，如同他们的友谊，

都全然化作剧毒！你这可恨的城市，

我将赤条条地离去，不带走一丝一毫！（将衣服扯下）

留下的将是无穷的诅咒！

泰门将要隐遁山林，他将会发现，

林中最凶残的野兽，也比人类良善。

请听我一言，列位尊神，

毁灭城内外的一切雅典人！

让泰门的憎恨遍及全人类，

无论其身份地位贵贱尊卑！阿门。　　　　　　下

<h1 style="text-align:center">第二场 / 第十二景</h1>

雅典，泰门府第

管家弗莱维斯与二三仆人上

仆人甲　　听我说，管家大人，我们的主人呢？

　　　　　我们完蛋了吗？没人管了吗？一无所有了吗？

弗莱维斯　唉，弟兄们！我该对你们说什么呢？

　　　　　正直的神灵为我作证，

　　　　　我跟大家一样穷困。

仆人甲　　这样的家也会破败？

　　　　　如此高贵的主人也会垮台？全完了，

　　　　　没有一个朋友出手相助，

　　　　　不离不弃，陪伴左右！

仆人乙　　正如我们的同伴被扔入坟茔

　　　　　我们就转身离去，

　　　　　他的朋友们见他的财富沦丧，

　　　　　也是悄然溜走，只留下虚妄的信誓旦旦

　　　　　像一个个空洞的钱囊；可怜今夕的他，

　　　　　沦为四处飘摇的乞丐，

　　　　　穷困潦倒，人人避之如疫，

　　　　　只能含恨忍辱，孑然而去。——又来了几个伙计。

其他仆人上

弗莱维斯　　家具残破，一片狼藉。

仆人丙　　　但我们的内心，依然穿着泰门给的仆从服饰，

我可以从各位脸上看出此意。我们依然是伙计搭档，

在哀愁之中协力同心。我们的船舶已漏，

我们就是可怜的水手，站在即将灭顶的甲板，

倾听着惊涛骇浪，我们定要失散于

人海茫茫。

弗莱维斯　　各位好伙计，

这是我最后的积蓄，跟大家分了吧。

不管我们在哪里相聚，看在泰门的份上，

我们依旧是好伙计，让我们摇头慨叹：

"我们都曾见过富足的日子。"

权当为我们主人的财富举丧尽礼。

（拿出钱）每人都拿些钱吧。

别这样，伸出你们的手，不必多说。

我们就分别吧，悲愁难抑，去意彷徨。

拥抱，众仆人分途下

啊，给我们带来惨痛的，是荣耀！

既然财富会招来祸患，受人冷眼，

谁不希望消财免灾呢？

谁愿在荣耀之中遭人嗤笑，

谁还生活在友谊的梦魇？

荣华富贵如同虚朋假友，到头来只是过眼云烟！

可怜而实在的老爷，他因好心而吃亏，

因善良而完蛋！匪夷所思的是，

人最大的罪过，就是行善太多！

那么谁还敢有他一半的仁慈？

慷慨乃神明至德，却凡人断送。
我最最亲爱的老爷，你有福，也最痛苦；
你有钱，却很悲惨；你的巨额家产，
化作了你的心腹大患。啊呀，好心的老爷！
正是这帮忘恩负义的刁朋恶友，
才使他盛怒之下离席而去。
他走时两手空空，
缺吃少穿，用度无着。
我要追随他，找到他；
我将尽心尽力，与他排忧解难，
当我挣来金钱，还是他的总管。　　　　　　　　　　下

第三场　　/　　第十三景

雅典附近的树林

泰门上，执铲

泰门　　　啊，赐福兆民、化生万物的太阳，
吸取地上的腐恶瘴疠吧，
侵染月下的空气。
让从受孕到降生都须臾不离的孪生兄弟
遭受不同的命运，
让得意者蔑视失意者。
不许恪守人伦者拥有天伦之乐，

而让伤天害理者安享富贵荣华。

让乞丐飞黄腾达，让显贵颠沛流离，

让元老们生来遭人作践，

让叫花子永享安富尊荣。

有草牛儿肥，

无草牛儿瘦，谁敢，

谁敢光明磊落，仗义执言，

说"此人拍马溜须，见风驶船"？

如果一人是，那么全都是，

因为每一个富有阶层，都会受到

下面阶层的奉承。博学的智者

要向富有的傻瓜弯腰低头。一切都是歪的，

在我们可恶的天性中，除了十足的奸邪，

毫无公正可言。因此，人类的一切

盛宴和集群，都可恶可厌！

泰门厌弃他的同类，也厌弃他自己。

就让毁灭之神吞噬人类吧。大地，给我些草根。（掘地）

谁从你身上希求更好的东西，

你就用最剧烈的毒药让其品味！

（发现金子）这是什么？金子？橙黄的、耀眼的、宝贵的金子？

不，神灵啊，我不要金子，

苍天在上，给我草根吧。金子多了，

就会把黑的变白，丑的变美，错的变对，

把卑下的变高贵，衰老的变年轻，胆怯的变勇猛。

哈，神灵呀！为什么给我金子？为什么？

这东西将使祭司背神而从魔，

使壮汉摇摇难支；

这黄灿灿的奴隶，

将使教派分合，罪人得福，

让脓痂灰白的麻风病人广受爱戴，

让窃贼官高爵显，与元老们同席并坐，

接受人们的跪拜和颂扬。

就是这东西，能使断欲的寡妇再嫁；

哪怕她容颜丑陋，令身染恶疮的人见了都作呕，

黄金能把她变成四月的豆蔻。

来吧，该死的土地，

你这千人压、万人犁的娼妓，

你时常在两国间挑动纷争，

我将让你显示你的本性。

远处行军鼓声

啊？战鼓声？你活力无限，

（埋起金子）但我要把你埋起来；强贼，当你的守护者

半身不遂、不能站立的时候，你就可以走了。

不，我要留出一些，充作抵押。（留下其中一些金子）

艾西巴第斯全身披挂，带军乐队鼓号手上，菲莉妮娅与提曼德拉同上

艾西巴第斯　你是何人？说！

泰门　　　跟你一样，是一头野兽。愿蛆虫噬咬你的心，

因为你又让我看到了人的眼睛！

艾西巴第斯　你叫什么名字？你自己也是人，对你来说，

人有这么可恨吗？

泰门　　　我憎人恨人，我痛恨全人类。

对于你而言，我希望你是一条狗，

那样我会喜欢你一点。

艾西巴第斯　我认识你，而且很熟，

但我不知道你何以流落至此。

泰门　　　我也认识你，但除此之外

我不想知道别的事。跟随着战鼓的鼓点，

用人类的鲜血，把大地涂染得猩红，猩红。

宗教的戒律，法律的诫条，都残酷无情，

战争又算什么？这个恶毒的婊子

虽然貌若天仙，其毁灭的力量

胜过你的刀剑。

菲莉妮娅　　你的嘴唇该烂掉！[1]

泰门　　　我不吻你，

让你的嘴唇自己烂吧。

艾西巴第斯　高贵的泰门怎么变成这个样子了？

泰门　　　就像是月亮惨淡无光。

但我不能像月亮那样亏而复盈，

因为我没有太阳可以借光。

艾西巴第斯　高贵的泰门，作为朋友，我需要怎么帮你？

泰门　　　不需要，只需听我只言片语。

艾西巴第斯　是什么，泰门？

泰门　　　承诺跟我做朋友，但不信守朋友的承诺。如果你不承诺，

神灵要降灾于你，因为你是一个人。如果你信守承诺，你

将不得善终，因为你是一个人。

艾西巴第斯　我听到了一些你的不幸。

泰门　　　我富贵之时，你已经看到我的不幸了。

艾西巴第斯　我看到你现在不幸，过去是幸福的。

1　原文 lips rot off 意为"感染梅毒者嘴唇会溃烂"，菲莉妮娅在此以一种隐晦的表达方式咒骂
　　泰门。

泰门	就像你现在这样，被一对婊子左拥右抱。
提曼德拉	这就是那个雅典宠儿 饱受赞誉的贤人吗？
泰门	你是提曼德拉吗？
提曼德拉	是的。
泰门	依然卖淫为娼吧。那些嫖客并不爱你， 他们在你身上发泄兽欲，你就给他们传染疾病。 好好享用淫邪的时刻，让欲奴色鬼 身陷其中，欲仙欲死；让红颊少年 精疲力竭，形销骨立[1]。
提曼德拉	绞死你，怪物！
艾西巴第斯	宽恕他吧，亲爱的提曼德拉， 因为遭逢大难，他已经神思迷乱。 勇敢的泰门，我近来饷金短缺， 饥饿难捱的士兵每天都在哗变。 我知道，如果不是你财镇敌国，剑定乾坤， 雅典将会被外族践踏蹂躏。 可该死的雅典人，对你却不管不顾， 负义忘恩。想到此真令我疾首痛心！
泰门	请敲起战鼓，动身出发吧。
艾西巴第斯	我是你的朋友，我怜悯你，亲爱的泰门。
泰门	你对他打搅纠缠，怎算是悲悯可怜？

---

1 该两句原文为 Season the slaves for tubs and baths, bring down rose-cheeked youth to the tub-fast and the diet. 句意双关：一方面，tubs and baths 和 tub-fast and the diet 都是治疗性病的手段；另一方面，tubs 有女性器官的暗示，baths 有性交或淫乱的暗示，tub-fast and the diet 有纵欲过度、弄垮身体的暗示。

	我情愿影只形单。
艾西巴第斯	好吧，你多保重，
	这里有一些金子，给你。
泰门	我不要，我又不能吃金子。
艾西巴第斯	当我把骄奢淫逸的雅典夷为平地之后——
泰门	你要攻打雅典？
艾西巴第斯	是的，泰门。这是有原因的。
泰门	在你征服雅典之后，愿神明假借你手将其毁灭，
	也毁灭你！
艾西巴第斯	为什么要毁灭我，泰门？
泰门	你生来就是为了征服我的城邦，
	杀光那些恶棍流氓。
	收起你的金子，去吧。再给你一些，走吧。
	就像是天帝临凡，灾星降世，让邪恶的城池，
	飘满污秽的毒霾。剑下莫留活口。
	不要因为白须飘然，就怜悯德高望重的老者，
	他们是放贷之人。击杀装模作样的女人，
	她们表面温良淑贞，内里龌龊邪淫。
	不要让少女的粉颊柔化了你的利剑，
	她们衣襟松掩，乳胸隐现，
	透过窗棂勾掉男人眼；
	处决她们，当成可怕的叛贼，不需心软。
	别放过婴儿，万勿可怜
	他们那傻乎乎的笑靥；
	他们都是孽种，神谕隐约示现：
	断其喉、碎其体，
	毫不怜惜。发誓一杀到底，

　　　　　　　　　把耳朵和眼睛蒙上铠甲，

　　　　　　　　　那样会隔绝妇孺的哭喊，

　　　　　　　　　身着圣衣的祭司们的鲜血，

　　　　　　　　　也会让你毫不动心。

　　　　　　　　　把这些金子分给你的士兵吧，（拿出金子）

　　　　　　　　　闹他个天翻地覆，而当你怒火泄尽，

　　　　　　　　　也会命丧身殒。不说了，去吧。

艾西巴第斯　　你还有金子吗？我接受你给我的金子，

　　　　　　　　　但不全接受你的劝告。（接过金子）

泰门　　　　　不管你接受与否，你必遭天谴！

菲莉妮娅与**提曼德拉**　给我们一些金子，好心的泰门。你还有吗？

泰门　　　　　我有足够的金子，可使妓女矢志从良，

　　　　　　　　　也可让妓变鸨，引嫖聚娼。

　　　　　　　　　撩起你们的裙子，你们这两个贱货！（向其裙兜里扔金子）

　　　　　　　　　你们是不守信义的，

　　　　　　　　　虽然我知道你们会发誓，发毒誓，

　　　　　　　　　神明听了，也会像患了疟疾，狂颤不已。

　　　　　　　　　省下你们的誓言吧，

　　　　　　　　　我相信你们。依旧去卖淫吧，

　　　　　　　　　如果有人假仁假义地劝你们从良，

　　　　　　　　　勾住他，诱惑他，让他纵欲伤身一命亡。

　　　　　　　　　让你们燎人的欲火制住他伪善的烟幕，

　　　　　　　　　勿生从良之念。但愿半年花柳，使你们

　　　　　　　　　容颜惨变，那就用死人的毛发

　　　　　　　　　盖住你们头顶的秃斑——纵然是吊死鬼的毛发，

　　　　　　　　　又有何相干？带着假发，继续勾引行奸；

　　　　　　　　　如果皱纹成堆，就涂脂抹粉吧，

直到你们的脸上能陷住马蹄！

菲莉妮娅与**提曼德拉**　哎，再给些金子嘛。那么，想让我们干啥？

你信不信，为了金子，我们什么事都能干出来。

泰门　　　传播坏疽恶疾，

让男人骨颓髓枯；胫骨生疖，

免得他们又骑又跨乐颠颠[1]。让律师们嗓音嘶哑，

让他们永远不能巧舌如簧，

黑白颠倒，为虎作伥。

让既挞伐肉欲、又心痒难挠的祭司

浑身溃烂、鼻子烂掉、鼻梁齐根断下；

免得一味逐臭，

对正事不闻不问。

让卷发的流氓变成秃子，

让未经战阵、只会吹牛的兵痞

吃一下你们的苦头。败坏所有的人，

用你们的淫行浪态，把所有雄起之人弄软摆平。

再给你们一些金子。

你们去毁掉别人，再让这东西毁掉你们，

一起葬身沟壑吧！

菲莉妮娅与**提曼德拉**　你说的越多，就要多给金子，慷慨的泰门。

泰门　　　你们先要多卖淫，多害人；我已经给你们金子了。

艾西巴第斯　擂起战鼓，进军雅典——再会，泰门，

如果我大获全胜，我还会来看你的。

泰门　　　如果我希望成真，我将再也不会见到你。

艾西巴第斯　我从未害过你。

1　原文 spur 蕴含双关，既有骑马之意，又隐喻男女性事。

泰门　　　　不，你曾对我大加颂扬。

艾西巴第斯　难道那是害你吗？

泰门　　　　巧言伪善，司空见惯。你走吧，
　　　　　　带上这两只母狗。

艾西巴第斯　我们在此只能冒犯他。击鼓前进！，

　　　　　　　　　　　　　　　　　鼓声起，除泰门外众人下

泰门　　　　（掘地）大自然啊，人类的伪善令你作呕，
　　　　　　你竟然还饿！大地母亲，
　　　　　　你生机勃勃，以无限的胸怀
　　　　　　孕育一切生灵；你用天地精华造出了
　　　　　　你骄傲的孩子，狂妄的人类，同样也
　　　　　　造出了黑色的蟾蜍、青色的毒蛇、
　　　　　　黄色的蝾螈、有毒的无脚盲蜥，
　　　　　　以及朗朗乾坤中一切可憎之物——
　　　　　　请从你丰饶的胸膛上，
　　　　　　取一点可怜的树根给他吧，
　　　　　　他把你所有的人类子女痛恨。
　　　　　　就让你那丰满的子宫干瘪了吧，
　　　　　　再不要生出忘恩负义的人类；
　　　　　　去跟猛虎、恶龙、豺狼和狗熊交合，
　　　　　　生出天地间罕见的妖怪吧！
　　　　　　（发现一树根）啊，一块树根，多谢！
　　　　　　枯竭你的生机，闭合你的血脉，荒芜你的田地
　　　　　　忘恩负义的人类，
　　　　　　就是用你的甘醇和油脂，
　　　　　　蒙住了原本清白的心窍，
　　　　　　溜走了一切理性！

艾帕曼特斯上

又来了一个人？可恶，可恶！

艾帕曼特斯　　有人让我来这里，

说你模仿我的做派，在愤世嫉俗呢。

泰门　　那是因为还你没有养狗，

否则我宁愿模仿你的狗。你这痨病鬼！

艾帕曼特斯　　你不过是暂时受到刺激，

因命运变幻抒发颓丧的忧郁。

为什么拿着铲子？为什么在此游荡？

为什么穿戴如奴？为什么黯然神伤？

你的谄媚者依然穿着绫罗绸缎，饮着美酒佳酿，

软床之上，暖玉温香，抱着满身梅毒的粉头淫娼，

却已经忘记了泰门这个人了。

不要假装愤世嫉俗，让山林蒙羞。

你现在也去献媚讨好，

向毁掉你的人摇尾乞怜；学会卑躬屈膝，

任其颐指气使，哪怕他呵斥的气息

掀掉你的帽子，赞美他最卑劣的污点，

称其超群绝伦。别人以前就是这样对你的！

你以前就像个店小二，对谁都笑脸相迎，

恶棍的话也洗耳恭听。你现在要变成

一个无赖，如果你又有了钱，

也应是给无赖继续分享，不要像我的样子。

泰门　　如果我像你，我就会厌弃我自己。

艾帕曼特斯　　像你这个样子，你已经自我厌弃了：

以前是疯子，现在是傻子。怎么，你以为

那凛冽的寒风，会变成你的吵闹的贴身侍从，

能为你烘烤衬衫吗？
这些寿命长过鹰隼的湿漉漉的树木，
能跑前跑后听你使唤吗？结满冰凌的小溪，
可否在清晨奉上一杯热饮，
来消除您隔夜的积食？
叫那些赤身裸体、无遮无盖、
在天威赫赫的肆虐中挣扎求生的生物，
让它们来向你献媚吧。
啊，你将发现——

泰门	——你这个傻瓜，走开！
艾帕曼特斯	我比以前更喜欢你了。
泰门	我比以前更痛恨你了。
艾帕曼特斯	为什么？
泰门	你在拍受难者的马屁。
艾帕曼特斯	我没有拍马屁，只是说你是一个卑鄙小人。
泰门	你为什么来找我？
艾帕曼特斯	来让你着恼。
泰门	这是恶棍和傻瓜的行径， 你引以为乐吗？
艾帕曼特斯	对。
泰门	怎么，你也是一个恶棍？
艾帕曼特斯	如果，你穿的如此寒酸， 就是为了惩治你的高傲，这倒也好， 但你是勉强而为之。假如你不是乞丐， 你还想再做一个朝臣。甘守贫困， 欢愉迭生，胜过无常的富贵； 一个是贪得无厌，永无终了，

一个是安身立命，恬淡待时。

比之身处窘境而其乐融融者，

富贵已极犹不知满足者会更加苦不堪言。

你如此苦不可耐，当求一死。

泰门　　你的命运比我更惨，

我不会听了你的建议而去寻死路。

你也是一个奴隶，低贱如狗，

命运的柔臂从未拥抱于你，

如果你跟我一样，在襁褓里就门第显赫，

锦衣玉食，骄奢淫逸，纸醉金迷，

你也会沉溺于淫乱之中，

将青春溶化在淫妇的床笫，

绝不会去学习冰冷的礼法，

只会寻花问柳，风尘游戏。

可是对我来说，整个世界就是我的乐园，

我周围的人们嘴甜舌巧，眼顺心乖，

纵然我无由差遣，也争相献媚讨好，

无数的人簇拥在我周围，

宛如浓密的叶子裹紧了橡树的枝干；

可是寒风乍起，群叶速陨，

只剩下我这根孤零零的秃干

去迎受阵阵暴风的摧折：我享尽荣华富贵，

如今遭受重厄，更觉沉痛难当；

你自幼贫寒，岁月的磨练，

已让你愈加刚强，你为何憎恨人类？

他们从不向你献媚，因为你不曾给过什么。

如果你要骂人，就骂你父亲吧，那个可怜的贱骨头

才是你谩骂的对象，他不知对哪个女乞丐
恣意忘情，一泻难收，怀上了你
这个世代受穷的贱种！所以，你走吧。
如果你不是生来就最低贱之人，
你也会成为流氓无赖马屁精。

艾帕曼特斯　你还是那么高傲吗？

泰门　　　是的，因为我不是你。

艾帕曼特斯　我高傲，因为我不是败家子。

泰门　　　我高傲，因为我现在恣意挥霍。
哪怕我所有的财富都被你把持，
我也不在乎。你走开！
愿全部雅典人的生命都在这块树根里，
这样我就会吃掉他们。（吃树根）

艾帕曼特斯　给你，我要提高你的宴席的档次。（递食物）

泰门　　　先提高我的宾客的档次吧，你不配在这里，走开！

艾帕曼特斯　我总归要比你那帮损友强。

泰门　　　未必如此，你跟他们是龟蛇一窝，
即便不是龟蛇一窝，在我看来也差不多。

艾帕曼特斯　你有什么话，让我带给雅典人？

泰门　　　愿一阵旋风把你卷到雅典。如果你愿意说，
告诉他们我有金子。看，在这儿呢。（展示金子）

艾帕曼特斯　你在这儿，有金子无用。

泰门　　　金子在我这里，才是最好的金子，
因为它们不会被拿去害人。

艾帕曼特斯　你晚上在哪里睡觉，泰门？

泰门　　　穹庐之下。
你白天在哪里吃饭，艾帕曼特斯？

艾帕曼特斯	在食可果腹之处，或者说，在哪里吃都行。
泰门	愿毒药知我心，从我意！
艾帕曼特斯	你想把毒药下在哪里？
泰门	下在你的饭菜里。
艾帕曼特斯	你从不晓人性中道，只知竭其两端。当你华服炫然、遍体喷香时，他们嗤笑你讲究摆谱；当你衣衫褴褛、孤苦无依时，他们又蔑视你不修边幅。这里有一个欧楂果 [1]，给你吃了吧。
泰门	我恨欧楂，我不吃。
艾帕曼特斯	恨欧楂？
泰门	对，因为它又酸又烂，看起来像你。
艾帕曼特斯	如果你早一点恨那些糜烂的人渣，你现在会更加自爱。你可知，哪一个富豪在家财败尽之后，还会受人尊崇？
泰门	你可知，哪一个人并没有你所说的家财，但依旧受人爱戴？
艾帕曼特斯	我自己就是。
泰门	我知道你的意思，一条狗你还是养得起的，你再穷，狗也对你摇尾乞怜。
艾帕曼特斯	你把向你献媚的人比作世间什么东西？
泰门	他们很像女人，实际却是男人。艾帕曼特斯，如果你能主宰世界，你将怎样处置之？
艾帕曼特斯	把世界扔给野兽，除掉人类！
泰门	当你想除掉人类时，你是否愿意仍然做一头野兽，与群兽为伍？
艾帕曼特斯	是的，泰门。

1　欧楂果 (medlar) 是一种类似苹果的水果，熟透方可食用。该词用作名词时，还有"娼妓"或"邪淫之徒"之意；该词作动词时，还有"交媾"之意。

泰门	真兽性野心！愿神灵保佑你达成此愿。如果你是狮子，狐狸会欺骗你；如果你是羊羔，狐狸会吃掉你；如果你是狐狸，一经驴子告发，狮子会怀疑你；如果你是驴子，你会为愚蠢所苦，最后成为狼的早餐。如果你是狼，你会为贪婪所累，为觅一顿晚餐而冒亡命之险。如果你是独角兽，你会为傲气和怒火所困，被自己的暴怒征服。如果你是熊，你会被马踢死；如果你是马，你会被豹子逮住吃掉；如果你是豹子，是狮子的近亲，你也会代狮受过，劣迹斑斑而断送性命。唯有远远逃遁，你才会平安无碍。你要成为什么野兽，才能免于他兽所袭？你现在已经变成什么野兽了，我竟看不出你变形之后，会因何致死。
艾帕曼特斯	如果你想以和我谈话来取悦于我，这话倒是说得恰如其分：雅典城已经变成虎狼窝了。
泰门	是驴子踢倒城墙，你才溜出城外的吗？
艾帕曼特斯	那边过来了一位诗人和一位画师[1]。愿他们像瘟疫一样扑向你吧！我不敢沾惹，先行告退。若无所事事，我再来看你。
泰门	哪怕世人都死绝了，我也不欢迎你！我宁做乞丐的狗，也不愿做你这个人。
艾帕曼特斯	你是头号大傻瓜。
泰门	我想啐你，又怕玷污了我的唾沫。
艾帕曼特斯	愿你遭瘟！你混蛋之极，怎么骂你都不为过！
泰门	所有的恶棍站在你身边，都显得纯洁无瑕。
艾帕曼特斯	世上的麻风病，都没有你的话肮脏恶毒！
泰门	一提到你的名字我就想揍你，

1　实际上诗人和画师在第五幕第一场才出现，莎剧原本如此，艾帕曼特斯这样说，可能表示二人在路上。

　　　　　　　　可又怕弄脏了我的手。

艾帕曼特斯　　但愿我能口吐咒语，把你的双手烂掉！

泰门　　　　走开！你这癞皮狗生下的狗杂种！

　　　　　　　　你活在世上，会把我活活气死。

　　　　　　　　一看到你，我就气不打一处来。

艾帕曼特斯　　气炸了吧你！

泰门　　　　走开，你这讨厌鬼！

　　　　　　　　就是把你打走，也会弄脏这块石头。（向他扔石头）

艾帕曼特斯　　野兽！

泰门　　　　贱奴！

艾帕曼特斯　　癞蛤蟆！

泰门　　　　讨厌鬼！讨厌鬼！讨厌鬼！

　　　　　　　　这个是非颠倒的世界令我作呕，除了生活所需，

　　　　　　　　我对世上的一切深恶痛绝。

　　　　　　　　那么，泰门，即刻备好你的墓冢，

　　　　　　　　葬身于海边，让海浪的碎沫日日拍打着

　　　　　　　　你的墓碑。刻下你的碑文，

　　　　　　　　让你的死亡去嘲笑活人——

　　　　　　　　（对金子）啊，你，弑君篡位的甜蜜凶手，

　　　　　　　　离间父子的可爱罪魁，你光彩照人，

　　　　　　　　却让他人的新娘受辱失贞；你战神般所向披靡；

　　　　　　　　你青春永驻、富有朝气、人见人爱、魅力难当；

　　　　　　　　你的光润能融化戴安娜女神膝上的积雪；

　　　　　　　　你这显灵的神祇，

　　　　　　　　可使冰炭同炉，亲密无间；

　　　　　　　　你巧舌如簧，使仇敌亲吻；

　　　　　　　　啊，你能触动人心，无所不能！

你要相信，就是因为你的魅力，

让卑贱的人类你争我斗，一塌糊涂，

乃至把整个世界，变成野兽的帝国。

艾帕曼特斯 但愿如此！

不过要等我死后再说。我如果说你有金子，

他们马上就会蜂拥而至。

泰门 蜂拥而至？

艾帕曼特斯 对。

泰门 请回吧。

艾帕曼特斯 活下去，珍爱你的苦难吧。（欲走）

泰门 这样长久地活着，也这样死去。终于摆脱你了。

艾帕曼特斯 又有一些像人一样的东西来了！吃掉他们吧，泰门，可恶的

东西。 艾帕曼特斯下

众强盗上，站在远处

强盗甲 他从哪里弄来的金子？那一定是他剩下的零头：他正是因

为千金散尽，见弃于友，才如此愁苦不堪。

强盗乙 传言说他还有好多财宝。

强盗丙 让我们试探他一下，如果他不在乎，就会拱手相送的；如

果他迟迟不交，我们该怎么办呢？

强盗乙 是的，他不会带在身上，肯定藏起来了。

强盗甲 这不就是他吗？

众强盗 在哪里？

强盗乙 是他的样子。

强盗丙 就是他，我认得。

众强盗 （他们上前）神灵保佑你，泰门。

泰门 你们好，盗贼们。

众强盗 我们是士兵，不是盗贼。

泰门	你们两者都是，而且还是女人生的。
众强盗	我们不是盗贼，而是一无所有的人。
泰门	你们极度匮乏，是因为欲望太盛，
	你们为什么会一无所有呢？看，土地里有草木之根，
	一里之内，百泉扬波；
	橡树结实，红薇生荚。
	自然如同慷慨的主妇，在每棵树上
	都向你们献上累累的食物，何乏之有？
强盗甲	我们不是鸟兽鱼虫，
	无法以草木、野果和泉水为生。
泰门	你们不仅要吃鸟兽鱼虫，
	你们必须吃人。但我还是要感谢你们，
	因为你们公然承认自己是盗贼，不加掩饰，
	借堂皇之名，而行盗贼之实者，比比矣！
	恶贼们，这是金子，拿去吧，
	去痛饮妖红如血的葡萄美酒，
	一直喝得热血沸腾，感觉不到受绞刑的痛楚。
	不要相信医生，他开的方子全是毒药，
	他杀的人比你们抢的还多。劫人钱财，当拉帮结伙；
	恶棍们，既然你们要做盗贼，就把它当作一门手艺
	而心安理得。我给你们举几个盗贼的例子：
	太阳是贼，用它那强大的引力
	去劫掠大海；月亮更是贼，
	她那苍白的月华本是从太阳那里偷来；
	大海是贼，她那澎湃的波涛
	把月亮融成咸咸的眼泪；大地是贼，
	它偷取粪便而自沃自肥，

　　　　　　　每一样东西都是贼。

　　　　　　　让你们饱受挞伐的法律，凭其凶暴之力，

　　　　　　　也变成了不受监督的盗贼。无须自爱，去吧，

　　　　　　　去你争我抢，再拿些金子，去割喉害命，

　　　　　　　你们所遇到的，全是盗贼。到雅典去吧，

　　　　　　　去打家劫舍抢店铺，你们所偷的，没有一件

　　　　　　　不是贼丢的。不要因为我送给你们金子，

　　　　　　　你们就少偷一点，金子会让你们全部完蛋。阿门。

强盗丙　　他劝我做贼，我反而不愿做了。

强盗甲　　他如此规劝，是因为他痛恨人类，而非让我们靠做贼发财。

强盗乙　　我以他为敌，他让做贼偏不做，我洗手不干了。

强盗甲　　让我们先在雅典平安住下吧，只要为人本分，定能平安度日。

　　　　　　　　　　　　　　　　　　　　　　　　众强盗下

泰门的管家上

弗莱维斯　啊，神灵呐！

　　　　　　　这个神情倨傲、破衣烂衫的人，竟是我的主人吗？

　　　　　　　难道他容貌全非，枯发颓颜？哇，天日昭昭，

　　　　　　　善行反遭恶报！

　　　　　　　穷困潦倒，尊荣尽失，真人伦惨变！

　　　　　　　把高贵者弄得贫贱无比、走投无路的，

　　　　　　　竟然是至交好友，

　　　　　　　世间还有什么比他们更卑劣？

　　　　　　　世态炎凉，人心险恶，

　　　　　　　与友相欢，莫如与敌交好。

　　　　　　　我宁爱伤人之敌，

　　　　　　　不爱损人之友！

　　　　　　　他已经看到我了，我要对他的不幸

	表达真诚的忧伤；他依然是我的主人， 我要毕生效命。——我最最亲爱的主人！
泰门	走开！你是何人？
弗莱维斯	你忘了我了吗，先生？
泰门	为什么问这个？我已经忘记了所有人。 如果你承认自己是人，那么，我也把你忘了。
弗莱维斯	我是你忠诚而可怜的仆人。
泰门	那么我不认识你， 我周围的人没有一个是忠诚的仆人，是的， 我养的全是一帮坏蛋，伺候恶棍无赖们大啃大嚼。
弗莱维斯	神明作证，从未有过一个可怜的管家， 看着主人的败落而真心忧伤， 就像我对您一样。（泣）
泰门	怎么，你哭了？过来，那我爱你了， 因为你是一个女人，不像是 铁石心肠的男人。男人的眼睛 只用来淫笑调情。怜悯已经睡去， 这个时代真奇怪，笑时潸然，欲哭无泪！
弗莱维斯	求你收留我吧，我的好老爷， 接受我忧伤的慰问，这里还有一点钱， 让我依然做您的管家。
泰门	我有过一位管家， 当初如此忠心秉正，现在如此舒心可人？ 这几乎使我凶暴的个性变得温和。 让我看看你的脸。没错， 这个人是女人所生。 永远清醒的神灵啊，原谅我的

片面、鲁莽和武断！我愿明白无误地宣称，
世上还有一个忠厚之人——只此一人，
别无其他——他是一个管家。
不管我怎样痛恨全人类，
你却已经得到豁免。但除你之外，
一切人类依然受到诅咒。
我认为，你固然忠心耿耿，未免不智，
你可以对我背叛乃至欺凌，
本该更快地改换门庭，
许多人骑踏着前主人的脖子
再去侍奉新的主人。不过，你跟我说实话——
虽然我一直信任你，但不得不生疑——
你善待于我，是否另有图谋？
莫非像富人送礼，
希求二十倍的回报？

弗莱维斯　　不，我最尊贵的主人，您现在
才心生疑虑，唉，未免来得太迟。
您当初设宴之时，就应该未雨绸缪，
家财败尽悔方迟。上天为证，
我来到您身边，只是为了向您卓尔无匹的胸怀
展示我的景仰、职责和热忱，
照顾您的饮食起居；相信我，
我最尊贵的老爷，
我将用现实和理想中的一切利益，
来换取一个愿望：
愿您东山再起，重整家业，
这就是对我的酬报。

泰门	看，我已经这样了！你这个唯一的忠厚老实人， 给你，拿去吧，（递过金子）神灵借我的困厄， 把财富送给你。去吧，去过快乐富足的日子， 但要接受我的条件：你要远离一切人， 痛恨一切人，诅咒一切人，对任何人都不要怜悯， 纵然乞丐已经饿得瘦骨嶙峋， 也不要提供救济。宁愿把东西喂狗， 也不要给人，让他们身陷囹圄， 债务缠身；愿人类像枯槁的朽木， 愿病魔吮干他们恶毒的鲜血！ 别了，好自为之。
弗莱维斯	啊，让我留下来， 安慰您，我的主人。
泰门	如果你不想挨骂， 就不要留下：趁你现在幸福自由，赶紧走吧。 你永远不要见人，让我再也不要见到你。（泰门退回洞穴）

弗莱维斯下

第五幕

第一场 / 景同前

诗人与画师上

画师　　我记得这地方，离他的住处不远了。

诗人　　真是匪夷所思！有人谣传，他拥有大笔黄金，是真的吗？

画师　　当然。艾西巴第斯说的：菲莉妮娅和提曼德拉得到过他的金子。他还将大量金子送给了穷途末路的贼兵。据说他也给他的管家一大笔呢。

诗人　　这么说，他的破产不过是对朋友们的试探？

画师　　肯定不是为别的。你将会看到他在雅典东山再起，重现辉煌。因此，在他假装窘迫的时候，我们去致意示好，肯定没有坏处。我们要表现出朋友之义，如果传言是真，我们将不虚此行，满载而归。

诗人　　现在你想赠送他什么东西？

画师　　这次无物可赠，只是拜访而已；我只有向他许诺，来日献给他一幅杰作。

诗人　　我也必须如此，告诉他：我打算为他写一首诗。

画师　　好极了。这年头就流行空口许诺：空让人眼巴巴地期待，却迟迟不予兑现。只有那些缺心眼的憨蛋才言出必行。许诺既得体又时髦，而践诺如同遗嘱，证明立嘱者已经病入膏肓，神志不清。

泰门自洞穴中上，未被他人注意

泰门　　（旁白）多么出色的匠人，但你却难以描绘自己可恶的嘴脸。

诗人	我正在想该怎么告诉他，我将送他什么诗篇；那一定是他自己的写照，是对浮华的反讽，还透析了随鼎盛和辉煌而来的、无休止的谄媚迎奉。
泰门	（旁白）你一定要在自己的作品中甘当奸佞？ 你想借他人之身来鞭挞自己的邪恶？来吧，我有的是金子。
诗人	来，我们去找他吧， 如果我们来得太晚而错过了发财， 我们就会对不起我们的财运。
画师	对， 夜幕降临前，趁着现成的光亮， 把你想找的找到，无须多费周章。
泰门	（旁白）待我过去拦住他们[1]，金神啊， 纵然把你供奉在比猪圈还肮脏的神庙里， 依然有人对你顶礼膜拜！ 你能启动风帆，让航船犁开大海的浪花， 你让奴才诚惶诚恐，好生敬仰， 尊崇有加！就让拜金之徒身患魔症， 只对你唯唯听命！ （上前）该去见他们。
诗人	向您致敬，尊贵的泰门！
画师	我们高贵的旧主！
泰门	我此生可曾见过两个诚实之人？
诗人	先生，

1 原文为 I'll meet you at the turn. 原文系双关，既有"耍弄某人"的意思，也有"转过去面见某人"的意思。从舞台表演而言，此时泰门应该躲在台柱后面，说完该句台词后，从台柱后面走出。

　　　　　　我时常蒙受您的厚恩，

　　　　　　听说您隐遁山林，朋友杳杳，

　　　　　　这帮忘恩之辈——啊，讨厌的幽灵！——

　　　　　　上天所有的笞罚都不足抵消其罪。

　　　　　　正是您救星般的高贵仁慈，

　　　　　　他们才活得像模像样，

　　　　　　怎么，竟然如此对您？我义愤填膺，用任何话语

　　　　　　也难以掩盖这帮禽兽的负义之行。

泰门　　　　不加掩饰，人们会看得更清；

　　　　　　你们是忠诚的，就以你们的美德，

　　　　　　让宵小之徒无所遁形。

画师　　　　我和他

　　　　　　曾经领受过您骤雨般的馈赠，

　　　　　　无不感恩戴德。

泰门　　　　好的，你们是坦诚之人。

画师　　　　我们来到这里，是想为您效劳。

泰门　　　　真赤诚君子。哦，我该如何报答你们呢？

　　　　　　让你们吃树根，还是喝冷水？不能吧。

诗人与画师　　为了为您效力，我们尽力而为。

泰门　　　　你们是诚实之人。你们已听说我有金子，

　　　　　　我确信，你们一定听说了。说实话吧，你们是诚实之人。

画师　　　　是听说了，我高贵的大人，因此，我和我的朋友来了，

　　　　　　啊不，不是为了金子来的。

泰门　　　　（对画师）好一对诚实之人。你画出了全雅典

最出色的肖像 [1]，的确无与伦比，

栩栩如生！

画师 一般一般，大人错爱！

泰门 真是错爱了你们！（对诗人）至于你构思的诗篇，

你的诗行优美自如，

你的诗艺已经出神入化 [2]。

但是，尽管如此，我的两位正直诚实的朋友，

我必须要说，你们都有一个小小错讹；

哎，不过也无关大碍，

我也不希望费力修改。

诗人与画师 恳请大人您

向我们明示。

泰门 你们听了会不舒服的。

诗人与画师 但说无妨，感激不尽，大人。

泰门 你们确实想听？

诗人与画师 毫无疑问，尊贵的大人。

泰门 你们都在信任一个恶人，

他严重欺骗了你们。

诗人与画师 是吗，大人？

泰门 是的，你们听他胡言乱语，看他弄虚作假，

知道他招摇撞骗，却喜欢他，供奉他，

成为贴心至交：但是心里非常清楚，

---

1 原文为 Thou draw'st a counterfeit best in all Athens. 其中 counterfeit 一词既有"肖像"之意，
也有"伪造"或"作假"之意。

2 原文 That thou art even natural in thine art. 系双关语：既有"诗艺已经出神入化"之意，也
有"赤裸裸地哄骗"之意。（原文中的 natural 也有"愚蠢"之意。）

	他是一个十足的坏蛋。
画师	我不知道您在说谁，大人。
诗人	我也不知。
泰门	听着，我很喜欢你们。我将给你们金子， 帮我把这两个坏蛋除掉； 吊死他们，捅死他们，或在粪坑里溺死他们， 设法把他们弄死，然后来找我， 我会给你们足够的金子。
诗人与画师	说出他们的名字，大人，让我们知道。
泰门	你往那边走——而你这边走——但两人还各有一伙伴 [1]； 你们分开了，都是独往独来， 但每个人都有一个巨奸大恶相陪伴。 如果你们不想与两个奸人为伍， 那就不要相互走近。如果你们只想 与一个奸人为伴，那就离开对方。（向两人扔石块） 那么，滚蛋吧！ 这儿有金子，你们为金子而来，你们这帮狗奴才。 （对画师）你为我作画，喏，这是给你的酬报！ （对诗人）你能点石成金，就把这块石头变成金子吧。 滚开，卑贱的狗东西！　　　泰门退回洞穴，诗人与画师下

管家与二元老上

弗莱维斯	二位要与泰门交谈，这是徒劳的， 因为他已离群索居， 认为只有依然长着人样子的他自己，

1　原文 You that way—and you this—but two in company 意为："即便是你们俩分开了，你们谁也不是单独的，因为每个人都有诚实和虚伪的双重人格。"

才是对他友善的。

元老甲　把我们带到他的洞穴，
　　　　跟泰门交谈是我们的事，
　　　　我们已经向雅典人做出了承诺。

元老乙　年年岁岁皆相似，
　　　　人生际遇各不同，正是时运惨淡
　　　　才使他变成这个样子，若命运垂青，
　　　　归还他往日的安富尊荣，
　　　　他或许会重回故态。带我们去，
　　　　机缘巧合，也未可知。

弗莱维斯　这就是他寄身的洞穴。——
　　　　愿此处平安祥和！泰门老爷，泰门，
　　　　出来与朋友叙谈：雅典派来了两位
　　　　最德高望重的元老向您致意。
　　　　跟他们谈谈吧，高贵的泰门。

泰门自洞穴中上

泰门　　温和的太阳发出烈焰！说吧，然后去吊死。
　　　　说一句实话，就长一个毒疱，
　　　　说一句假话，就烂掉舌根！

元老甲　尊贵的泰门——

泰门　　泰门纵然落魄，
　　　　也不愿见尸位素餐之辈。

元老甲　雅典众元老向您致意，泰门。

泰门　　我感谢他们，如果我能得上瘟疫，
　　　　我愿意传染给他们。

元老甲　啊，忘掉我们的过失吧，
　　　　我们已悔恨不已。

元老院一致同意，
盛情邀请您重返雅典，
深思熟虑后，他们虚位以待，
请您回去重享殊荣。

元老乙 他们承认
过去的确亏待于您；
很少认错的雅典公众，
在您急难之时袖手旁观，
在失掉了您相助时
深陷困境，抱憾不已，
特此派我俩来含愧致歉，
并给于您丰厚的补偿，
足能弥补他们对您的冒犯。
是的，如此诚挚的热情，如此丰厚的财富，
可以消除他们对您的过失，
重写他们对您的深情厚谊，
并请您时时铭记。

泰门 你的话打动了我，
我受宠若惊，眼泪欲盈；
借给我一颗傻瓜的心，和一双女人的眼睛，
我将会被宽慰得泪眼如注，尊贵的元老大人。

元老甲 那么请跟我们一同回去，
担任雅典——我们共同的城邦——的统帅，
我们会感激不尽。
您将被授予绝对的权力，您的英名
与权威共存，不久我们就可击退
艾西巴第斯的猖狂进犯，

他像一只凶残的野猪，
断送了他自己城邦的和平。

元老乙　　也对着雅典的城墙，挥舞他
那吓人的宝剑。

元老甲　　因此，泰门——

泰门　　好吧，先生，听我说：
如果艾西巴第斯杀了我的同胞，
就让他知道我的意见：
我泰门不在乎，如果他洗劫了美丽的雅典城，
揪扯着胡须带走我们善良的老人，
以傲慢疯狂的战争暴行淫污
我们圣洁的少女，
就让他知道，告诉他是泰门说的，
虽然我也怜悯我们的老人和孩子，
我别无选择，只能告诉他我不介意。
让他为所欲为，让他们刀剑挥舞，
让尔等引颈受戮吧。对我而言，
与尊贵的雅典人的咽喉相比，
乱军之中没有一把钢刀不博我好感，
不更让我心生爱意。此事与我无关，
愿仁慈的天神庇护你们，
如同盗贼落到看守的手里。

弗莱维斯　　别在这里了，全是白搭。

泰门　　哦，我刚才正在写我的墓志铭，
明天你们就可以看到了。
我在健康和生活上的症结现在开始解开，
我死之后，更会全面解脱。去吧，活下去，

愿艾西巴第斯让你们遭灾，你们也让他丧命，
冤冤相报，有始无终。

元老甲　我们是白费口舌。

泰门　但我依然热爱我的城邦，
并不像传言所说，
乐见祖国沦亡。

元老甲　说得好！

泰门　代我向亲爱的同胞致意——

元老甲　此言出口，甚为恰当！

元老乙　在我等听来，宛如
凯旋门欢迎的号角。

泰门　代我向他们致意，
告诉他们，为免除他们的忧伤，
克服对敌方打击的恐惧，消弭他们的痛苦、失落、
爱情的纠结，以及生命的茫茫航程中
所遇到的、孱弱之躯必须承受的种种不幸，
我要为他们做一点善事：
教他们如何防范艾西巴第斯的粗野和狂怒。

元老甲　（旁白？）甚合我意，他还会回去的。

泰门　我有一棵树，长在我的栖身之处附近，
我要把它砍倒，另有所用，
不久之后我就必须动手。告诉我的朋友们，
告诉所有的雅典人，按其地位等级，
由高到低，谁想要
终结苦痛，就赶紧
在我将树砍倒之前，来我这儿，
把自己吊死。我求你转达此意。

弗莱维斯	不要再打搅他了，他总是这个样子的。
泰门	不要再来找我了，但要告诉雅典，

泰门已经在大海之滨

建起了永久的府邸，

澎湃的波涛，带着簇簇浪花，

每天都来吞没一次。在那里，

就让我的墓碑作为你们的谶言——

丑话既已说出，从此缄口不言；

世间种种不平，灾眚自来掌管。

世路皆通墓穴，何论命长命短，

太阳黯淡无光，泰门撒手人寰。　　　　　　　泰门下，进洞穴

元老甲	他的愤世嫉俗，
	早已根深蒂固。
元老乙	我们对他已经没指望了：咱们回去吧，
	再想别的办法
	来度过危机。
元老甲	我们得赶紧走。　　　　　　　　　　　　　　同下

第二场 / 第十四景

雅典，似正在城墙外

二元老与一信差上

元老丙	你探得的消息令人悲伤，

	他真像你说的兵强马壮吗？

信差　　我绝非夸大其词，

　　　　而且，他进军迅猛，

　　　　即刻就到。

元老丁　如果他们请不来泰门，我们将大祸临头。

信差　　我遇到一个信差，曾是我以前的朋友，

　　　　虽然我们各事其主，

　　　　但旧情未泯，私交仍在，

　　　　故相谈甚欢。此人受艾西巴第斯所遣，

　　　　到海滨洞穴去找泰门，

　　　　带去书信一封，恳请

　　　　共同攻打雅典，

　　　　顺便为他报仇。

其他元老上

元老丙　我们的两位老兄来了。

元老甲　别提泰门了，别指望他了。

　　　　敌人的战鼓已经咚咚可闻，大军所至，

　　　　扬尘蔽空，杀气腾腾。进城备战：

　　　　我担心，我们的城池将被敌攻陷。　　　　　众人下

第三场 / 第十五景

雅典附近，树林中

一兵士上，寻找泰门

兵士　　　　根据大家的描述，应该是这里了。

谁在这里？说话呀！怎么不答话？（发现坟墓）这是什么？

（读碑文？）"泰门人既死，寿尽命已终。

读此唯有兽，此地无人踪。"

死了，真死了，这是他的坟墓。墓碑上还有一些字，

我不认识，我用蜡将其拓下，

我们的将领是识字之人，

虽然年纪轻轻，但能循章撮义。

此时他已在骄傲的雅典人面前安营扎寨，

攻陷雅典城，他是志在必得。　　　　　　　　　　　下

第四场 / 第十六景

雅典城外

号角齐鸣。艾西巴第斯率军队先于雅典人上

艾西巴第斯　　吹军号，告诉这个怯懦淫秽的城市，

我们已大兵压境。

议和号角起

众元老自高台出现在城墙上

> 时至今日，你们暴戾恣睢，
> 作恶多端，践踏公义。
> 时至今日，我自己，以及
> 在你们的淫威之下忍气吞声的人们，
> 束手彷徨，有苦难诉。
> 现在时机已到，
> 先前卑微的人们，在重压之下，
> 自发地怒吼"反了吧！"现在，为恶者
> 要坐在宽大的安乐椅上
> 喘息不定，而骄纵者
> 将丧魂失魄，逃之夭夭。

元老甲　　尊贵的年轻人，
　　　　　你当初只是心生怒意，
　　　　　你无甲无兵，我们也无所畏惧，
　　　　　我们依然派人去安抚你的暴怒，
　　　　　以超乎寻常的善意，来消弭
　　　　　我们的愧疚。

元老乙　　我们也卑辞厚诺，
　　　　　恳求形貌已非性情大变的泰门
　　　　　接纳我们城邦的善意；
　　　　　我们并非人人不善，也不应
　　　　　在战火中悉遭荼毒。

元老甲　　我们的城池
　　　　　并非建于让你受屈者之手，
　　　　　而这些高塔、亭台和公堂，
　　　　　也不应因私人之过

而毁于一旦。

元老乙　　当初逼你出走的人

已经不在人世了。

因缺乏策略，处置不当，

他们羞愧难当，伤心而亡。进军吧，高贵的军爷，

挥动战旗，冲入我们的城池，

从十人之中，择一杀之。

上天有好生之德，

如果你复仇心重，嗜杀而后快，

就让那该死的十分之一

命丧刀剑之下吧 [1]。

元老甲　　并非人人有罪。

为先前之咎，而报复当今之人，

是为不公；罪恶如土地，

不能世代相承。那么，亲爱的同胞，

把队伍带进城中，把怒火留在城外。

保全雅典——你生长的摇篮，宽宥你的亲人，

在你暴风骤雨般的狂怒中，不要让他们

与负罪者一同倒毙；就像进入羊圈的牧者

择其病羊而屠之，

而非不加分辨，一律斩杀。

元老乙　　你想要的

可以用微笑获得，

而不是用刀剑强取豪夺。

1　原文为 Let die the spotted. 其正常语序为 Let the spotted die. 其中 spotted 一词原来指"牲畜身上有斑纹的"，在此处有"有罪"或"有过错"的意思。

元老甲	假如你事先表达一下善意，
	声明友好入城，
	那么，你只要将脚踏至城外
	我们防守森严的城门就会洞开，
元老乙	扔下你的手套——
	或任何信物——起誓，
	你兴兵致战，只为雪耻伸冤，
	而非戕害生民；你所有的部队
	都可驻扎城内，直到我们
	满足你所有的要求。
艾西巴第斯	那么，我就把手套扔下。（掷下手套）
	我们无须攻城，下来打开城门，
	把我和泰门的仇敌
	交出来受死，余者不究；
	为表我诚意与胸襟，
	消除尔等恐惧，
	任何士兵不许离营，
	不得扰乱城内正常秩序，
	凡违反禁令者
	由尔等按律严惩。
元老甲与乙	真至诚之言也！
艾西巴第斯	下来吧，信守尔等诺言。

众元老自高台下，前场士兵执蜡拓板自主台上

一信差上

信差	尊贵的将军阁下，泰门死了，
	葬于大海之滨。
	这是他墓碑上的铭文，

在下无知，不懂其意，

只好用蜡拓下，呈送将军。

艾西巴第斯 （读碑文）

黯然魂已逝，痛哉尸且朽。

吾名休相问，灾疠灭尔俦。

生时厌尘世，既殁土一抔。

过者声声骂，遽尔勿淹留。

泰门啊，这些诗行，很好地表达了你后来的心境，

虽然你厌恶我们身上的人性悲哀，

蔑视我们因天性凉薄而珠泪轻抛，

但你丰富的想象，却使浩瀚的大海

在你低矮的坟茔上，为了你可以原谅的过错，

而永远哭泣。高贵的泰门，你虽然死了，

但永为后人铭记。带路，进城，

我将把我的宝剑用作橄榄枝，

以战生和，以和止战，

战和相济，各得其所[1]。

擂鼓进军！ 　　　　　　　　　　　鼓声起，众人下

---

1 原文为 Make each prescribe to other as each other's leech. 直译为："让战争和和平互相为对方
开处方，以疗救对方的过失。"因为这句跟上句是韵文，所以就意译为："战和相济，各得其
所。"

《雅典的泰门》译后记

孟凡君

　　译《雅典的泰门》之前，我曾将该剧两译本（即朱生豪译本和梁实秋译本）通读数遍，觉二译本各有特色。确而言之，朱译文笔酣畅，但文意时有错讹；梁译文意精严，但文笔稍欠华润。故下笔之初，确立之翻译准则为：承朱译之文笔酣畅，戒其文意错讹；效梁译之文意精严，戒其文笔质直。主意拿定，战战兢兢，勉力为之。

　　为达"执两用中"之旨，又定译事细则如下：第一，尽力移译原作气韵，力图让译本中戏剧人物鲜活依旧；第二，按戏剧表演程式，尽量准确转达原意；第三，按汉语表达方式，尽量逐行翻译原文，以散文译散文，以韵文译韵文，以雅言译雅言，以俗语译俗语。

　　该剧翻译已毕，欣然之余，又于译道多有体悟，且与华夏文艺美学交互发明。

　　按照中国传统书画论，书画艺术境界有五：一曰形似神非；二曰得意忘形；三曰形神兼备；四曰出神入化；五曰超神拔俗。欲学书画者，应由一境至五境（古人云："外师造化，中得心源。"此之谓也）；然欲创书画者，应由五境至一境，终而以形写神（古人云："得乎心，应乎手。"此之谓也）。一逆一顺，一阴一阳，书画修为之能事毕矣。《周易》云"一阴一阳之谓道"，此之谓也。

莎剧汉译亦然。翻译之初，先求通晓原文文句，此"求形"也；次之求其文意，此"达意"也；再次求其神韵，此"得神"也；再次求融会全篇，此"入化"也；终而求莎翁情志、神气及笔力皆与我合一，此超凡入圣、由技入道也。若臻此境，"理解"之能事毕矣。传译之时，应循道致理，传神达意，亦终于以形写神，则"表达"之能事毕矣。写神之形未必与原文之形逼肖对等，唯传其神、达其意而已矣。

翻译该剧时，正值酷夏，重庆每日气温过四十度，然潜心其中，怡然自适，竟未觉热。及至译毕展玩，忽见莎剧原本下端悉为汗水所透，干后盐痂甚厚。凝视久之，如坠梦幻之中：不知我为莎翁耶，抑或莎翁为我耶！

2014 年 8 月 25 日
于缙云山下文星湾静舍